SHE YING
JI YI JI CHU
JIAO CHENG

摄影技艺
基础教程

⊛ 潘锋等 编著

上海人民美術出版社

SHANGHAI PEOPLE'S
FINE ARTS
PUBLISHING HOUSE

图书在版编目（CIP）数据

摄影技艺基础教程 ／ 潘锋等编著．—上海：上海
人民美术出版社，2011.5
ISBN 978-7-5322-6857-3

Ⅰ．①摄 ... Ⅱ．①潘... Ⅲ．①摄影技术—教材
Ⅳ．①J41

中国版本图书馆CIP数据核字（2010）第036251号

摄影技艺基础教程

策　　划：汤德伟
编　　著：潘　锋　黄晓昭　江进华　罗　勇　厉　新
　　　　　黄文龙　徐和德　时新民　张富强　吴玉萍
责任编辑：汤德伟
技术编辑：季　卫
出版发行：上海人民美术出版社
印　　刷：上海市印刷十厂有限公司
开　　本：787×1092　1/32　10印张
版　　次：2011年5月第1版
印　　次：2011年5月第1次
印　　数：0001-3300
书　　号：ISBN 978-7-5322-6857-3
定　　价：29.00元

目 录
CONTENTS

前 言
PREFACE

　　摄影的普及和专业化，是当今摄影发展的两个并行的大趋势。一方面，数字技术的发展促进了摄影的平民化，使摄影的繁荣超乎人们的想象；另一方面，摄影的专业教育使摄影艺术提升到了一个新的高度，预示着摄影未来的发展空间。然而，不管是普及还是专业化，人们对于摄影的渴望也催生了摄影教材的大量出版发行。然而如何编写一本真正具有个性的摄影教材，也正是许多摄影教育工作者思考的重点。潘锋主编的这本《摄影技艺基础教程》，应该说是一本非常具有个性化的摄影教材，值得推荐给大家一读。

　　摄影教程应该教什么？是技术先行还是观念先导？这是一个值得关注的问题。在这本摄影教程中，开宗明义，一上来就从摄影的本质特征开始分析，让人读来耳目一新。编撰者以说文解字的套路，从英文的译音到中文的拆字，将摄影的来龙去脉说得如此妙不可言，凸显了编撰者的匠心独运之处。编撰者让我们认识摄影，从一定的高度把握"摄影究竟是什么"这样一个看似简单却不太容易回答的问题。而只有从一定的高度理解摄影，当你在按下快门的这一瞬间，你的起点就可能比别人高出许多，从而真正体验到摄影给生活带来的无限乐趣，进而提高视觉的敏锐感觉和艺术表达的思维意识。也许从这里开始，这本教程的基调就已经定下了——不仅仅是一本技术性的教材，更是糅合了技术和观念的大全。不仅仅是教会你如何拍照，更重要的是让你从摄影中领悟人生的真谛——我想后者也许才是更重要的。尤其是我们接下来看到，在对摄影的基本常识做了介绍之后，马上就引入了"史上最具影响力的中外摄影大师"，九位大师级摄影家将摄影的艺术水准和文化品位提高到了应有的高度，也让我们对摄影的过去和未来有了进一步的认识。

　　更有意思的是，在解决了诸多的技术难题之后，编撰者突然笔锋一转，说到了这样一个有趣的话题——摄前的 "两大需把握的基本技法"问题。第一是"必须掌握好宽容度与光比的关系"，也就是说在摄前一定要先了解感光材料的感光宽容度与你所拍摄的实际景物的光之间的关系；第二是"必须调控好景物影像主体的景深"，也就是主体的景深和陪体的虚实控制问题。仔细想想，这样两个看上去并不高深的问题，在很大程度上确实影响了摄影作品的成败。因此，编撰者的思路之明确，思考问题的方式之独特，也就可见一斑了。

　　当然，对于摄影技术和艺术来说，不可能有包罗万象的教程。但是从某种意义上看，这本摄影教程确实涉及了当代摄影的方方面面，不管对于初学者，还是有一定基础的摄影人，都会是极有帮助的。至于作为摄影专业的教材，自然更应比一般的教材更胜一筹。这也就是我推荐的原因所在。

中 国 摄 影 家 协 会 理 事
中国高等教育学会摄影专业委员会 会 员
上 海 市 摄 影 家 协 会 副主席
上海师范大学人文与传播学院摄影专业 主 任

2011.1

第一章 摄影基础理论知识

第一节 摄影的本质特征

一．词解摄影

摄影，就是我们在日常生活中俗称的"拍照"。1851年英国人韦奇伍德带着照相机从印度进入我国，由此中国人知道了还有一种叫做"PHOTO"的影画，人们可以用照相机经过聚焦和曝光来获得一张图像清晰、形象逼真的相片。但是这种相片只是一种明信片式的而非职业层面上的照片，更谈不上是艺术领域内本质上的作品。摄影作为一门学科艺术，讲究构图、用光等元素，然而从"PHOTO"的词形解析，它完全不能涵盖摄影的造型诸要素；现在让我们通过汉字的"摄影"来认识摄影的本质特征吧。

"摄影"这两个汉字是非常考究的。众所周知，照相是人们通过照相机上的光圈、快门、聚焦等操控来完成的，这就是"摄"字左部的"扌"，在此自然是强调了摄影具有动手操作的特性。那么如何去实践呢？首先必须通过你的眼睛去取景，观察与发现美的画面及典型的事件作为你的被摄的对象，这就是"摄"字右上方的一个"目"字。然而光取景还不够，你眼中观察到的大千世界还得运用景别、视角等方法对所摄画面进行取舍，这就是摄影的构图。在这个过程的行进中需要我们多角度和全方位地去洞察与捕猎，这就是由"目"字向四周延伸而成的这个"耳"字。此外，"摄"字右下方的两个"又"字，则告诉我们学习和掌握摄影，还必须一次又一次地去反复实践才能得以成功。在摄影的构图中我们不是把一切被摄对象都称之为景物吗？这就是"影"字的左部的"景"字；摄影又称"光画"，讲究艺术的造型，那"影"字右部的三撇，恰如斜向的前侧光或后侧光及其所形成的投影。这正是摄影艺术最本质的造型元素——光与影，也正是这样才使得原本平面而平淡的摄影画面给人以光影、质感及三维的立体视觉感。

综上所述，摄影学是指运用银盐型和染料型的感光材料或是光电型的数字芯片，通过光学、机械学和电子学或是化学等手段再综合运用取景、用光、构图和立意等艺术造型的元素获得影像的一门融自然、人文于一体的影像艺术学科。

二．摄影的原理

摄影与绘画同属造型艺术，都是用画面形象来传情达意的。人们常把绘画叫做"笔画"，而把摄影叫做"光画"。

从表现手法上看，我们往往把绘画称为"加法艺术"，把摄影称为"减法艺术"，即绘画是在原本空白的画布或画纸上，把看到的或是想到的一笔一笔地加上去；摄影是把你看到的全部景物，用照相机的取景框剔除那些游离于主题之外的景物，裁取你所需要的画面，或者是用光与影来减弱甚至隐去那些游离于主题之外的陪体。也有人在后期的图片制作时，用赤血盐消除部分多余的影像或是在电脑上通过图像处理的技术去除某些画面图像。当然摄影艺术有时也会做"加法"，比如在拍摄时运用多次曝光技法，在画面的天空部分叠加太阳、月亮、云彩等；也可在传统的暗房中通过多底合成，或通过PS等图像处理软件对数字图像进行修补、合成等处理。

第二节 摄影术的发展史

一．摄影成像的原理

摄影成像源于"小孔成像"，墨翟在《墨经》中就记录了在公元前的春秋战国时期，已有人运用小孔成像的原理来描绘陶器上的图案的影纹了（图1.1）。

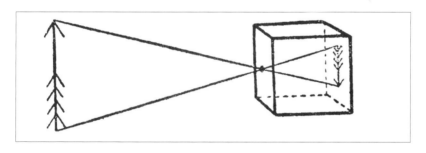

图1.1 小孔成像示意图

二．摄影成像的形式

（一）模拟成像

这种成像也可以叫做银盐感光成像，它是用涂有卤化银的感光材料经曝光后，通过相机镜头聚焦后由银盐模拟而生成实际景物影像的技术。

（二）数字成像

这种成像也可以叫做电子数字成像，它是用光电耦合器将通过相机镜头集成的影像，转化为电子数字信号，再通过计算机把它还原成光影的技术。

三．摄影技术的发展

（一）湿板感光时代

1824年由法国人N·尼埃普斯（图1.2）拍摄了世界上第一张正像照

图1.2 尼埃普斯

3

图1.3 《阳光屋顶》

图1.4 达盖尔

图1.5 塔尔博特

图1.6 伊斯曼

片《餐桌》，遗憾的是此"开山之作"未能保留下来。

1826年他用乳白色的沥青制作的感光材料，通过8个小时的曝光拍摄了阳光下的《窗外景色》，这就是现今保存在法国蓬皮杜艺术中心的留传下来的最早的照片——《阳光屋顶》（图1.3）。

1839年8月19日由法国人达盖尔（图1.4）发布了"银版摄影术"这一学说理论（此时把景物直接拍成正像，曝光时间只需要15分钟），于是现在人们便把这一学说作为摄影术的起源，同时将每年的8月19日作为国际摄影节。

与达盖尔同时的又有英国人H·塔尔博特（图1.5）发明了"卡罗式摄影法"（先把景物拍成负像，再印成正像）。

1851年由F·S·阿切尔发明了火棉胶硝酸银湿板，把曝光时间缩短为1—2分钟。

（二）湿板感光时代

1871年英国医生R·L·马多克斯发明了明胶溴化银干板，创立了我们现代所用的负片—正片的印制方法。

1891年由美国人G·伊斯曼（图1.6）在纽约开设的伊斯曼干板公司（即柯达公司的前身）生产出了世界上最早的以塑料为片基的胶卷，从此确立了现代感光胶片的形式。

（三）光电感光时代

1986年柯达公司发明世界上第一块电子感光材料（CCD），为数码相机的问世创造了条件。

20世纪末期，进入了数字化影像的时代，一种叫做光电耦合器"CCD"和"CMOS"的光电芯片问世了，这种高科技的照相机彻底抛弃了传统的感光材料——胶卷，目前它正在方兴未艾的数字世界中引领数码摄影的新时代。

四．数字摄影概述
（一）数字摄影的原理与特征
1. 数字摄影的定义

数字摄影也叫数码摄影（DIGITAL PHOTO），它是运用数码相机采集图像后根据计算机的基础数据"1"和"0"编码组合成数字图像的原理完成的一种摄影。

2. 数字摄影的原理

数字摄影的工作程序是景物光线—光电信号—电荷积累—A/D（模拟/数字）—数字图像—压缩—储存—传输—屏幕显示浏览或电脑图像处理—图片输出。

3. 数码相机的核心

数码相机是融光学、电子、机械为一体的照相机，它的核心部件是"CCD"或"CMOS"图像传感器。

（二）数字摄影的器材与设备

主要有数字相机（图1.7），数字图像采集（拍摄照片）、计算机，数字图像处理（电子暗房）和打印机/数码扩印机/数字喷绘印刷机（制作图片）。

图1.7 数字照相机

（三）数字摄影与传统摄影比较

类 别	数码摄影	传统摄影
拍摄采集	拍摄的时候可随意调整感光度、白平衡、图像文件大小。这给弱光下的摄影、在各种不同光源的色温下拍摄，以及制作大图，都带来极大的方便。	胶卷的感光度、色温、影像的大小，都已由所用的胶卷定好了，因此在拍摄的时候不可再改变了。
	拍摄后即可查看图像效果，倘若不好可以立刻重拍。	拍摄的好坏难以保证，须等片子冲洗后才能看到结果。
后期处理	芯片感光后无需冲洗，因此无污染产生，对工作环境基本上也没什么特殊要求，只需在显示屏上直接浏览或在电脑上进行图像处理。	胶片拍摄后要冲洗，在显影和定影时需配方、控温、定时，工作时又必须在暗室中进行，药液还对环境产生污染。
	后期图像处理快捷、方便、省工、省时、易做，效果又远比传统的方法好，又不像胶片摄影要做两次显像，因此完全不存在对于环境的污染。	后期进行影像处理时费时、费工且很困难，效果也不如数字图像的好,而且在二次冲洗时会再次对环境产生污染。
图像传送	可通过电脑网络传递，甚至用手机直接发送；传送快捷方便、时效高，图像保真、像质毫无损伤。	先要冲洗胶片、取得底片，再经过扫描和网络传递，时效低，图像精度又易折损。
影像保存	储存性好，刻录成光盘，可长期保存，其数据无损于图像的色彩、色温和影调以及锐度的品质。	胶片难以保质，一是要防潮避光；二是时间久远色彩会褪变，从而影响像质。

（四）数字图像的常用格式

1. TIFF

图像不经过压缩，精度很高，文件量大，占用存储空间大，能够支持所有的图像编辑软件。

2. RAW

图像不经过压缩，文件量大，是最原始的图像文件，相当于传统银盐影像中已经曝光未经冲洗的胶片，文件需要使用特定的影像处理软件来处理。

3. JPEG

图像文件已被压缩，文件属于有损文件，在存储该文件时可以选择压缩精度和相应的文件量，其最大特点是能够应用于所有的图像处理软件和数码硬件。

4. GIF

图像文件经过压缩，但是它对原始图像的像素没有改变，只是改变了位数（该文件只有256色/8bit），它占用空间比较小，最适合用于互联网。

（五）从实像到图片的数字化过程

原始影像	采集输入	图像处理	图像输出	图片形成
景　物	数码相机 （实　拍）	装有数字图像处理 软件的计算机	打印机（打印） 彩扩机（扩印）	图片

（六）数码相机的传感器性质

1. 影像像素

这是数字摄影中构成景物影像的基本单位，即是经拍摄曝光后记录在芯片上形成的影像信号的最小单位。数码相机上的像素大小影响着相应幅面上的影像清晰程度，因此像素大的数码相机拍摄的图像就能适应制作大尺寸的照片；而像素较小的数码相机所拍摄的图像就只能适应制作尺寸较小的照片。这里还要指出的是数码相机上的像素，通常分为最大像素和有效像素两种；最大像素是经插值处理后得到的像素，有效像素是在拍摄时得到的实质性像素。

2. 图像分辨率

这是数字摄影中图像大小的尺寸，它的计量单位为dpi；数码相机的像素越大，则它的图像分辨率也就越好。数码相机上的图像分辨率，是可以根据自己对于图像浏览尺寸大小的分辨率要求或是图片输出尺寸大小的分辨率要求来设置的。其设置的方法有两种，一是采用菜单中影像尺寸的"大、中、小"选项；二是运用菜单中影像品质的图像格式"RAW、TIFF、JPEG"与"精细、标准、基本"选项。

3. 色彩深度

这是数字摄影中图像的色彩表现能力，它的计量单位为bit；数码摄影的色彩深度通常是反映光色RGB三原色，它的色彩深度越大，那么图像的色彩表现也越好。

4．芯片面积

这是CCD或CMOS的面积，它的大小与图像质量是成正比的。芯片的面积大，自然成像就大，表现的细节就多；每个像素相互间的色彩和电磁的干扰小，图像的质量也就好。

第三节 史上最具影响力的中外摄影大师

一．郎静山

郎静山（1892—1995）（图1.8）是国际著名的集锦摄影艺术大师，祖籍浙江兰溪，生于中国江苏淮阴。他从小就在父亲的书画和照相的艺术熏陶下成长。郎静山在上海南洋中学读书时，师从美术老师李靖兰，学会了摄影和暗房技艺，从此就和摄影结下了终生之缘。后来，郎静山先后进入上海《申报》和《时报》，成为中国最早的摄影记者。他虽以纪实摄影的记者为业，但却以画意摄影作品见长。他借鉴传统绘画艺术的法则，摄制了许多具有中国水墨画韵味的风光照片，并将其各个精华的部分运用暗房技法汇集在同一张照片上，使之成为具有强烈的中国画韵味的摄影作品。

1934年，郎静山的第一幅集锦摄影作品《春树奇峰》，在英国摄影沙龙入选。从此，郎静山创立的集锦摄影，在世界摄坛上独树一帜。正如他所说的："集锦照相，即选择摄影多数底片中景物配合于一纸而参融之，亦即舍画面之所忌，而取画面之所宜者之成也。"郎静山的早期创作，多是表现佛门的幽静、独坐或汲水赏溪之人和山水风光或古典建筑，及以鹤、鹿为题材的作品。20世纪60年代起，郎静山转而创作带人物的风景，国画大师张大千成了他的模特儿（图1.9、图1.10）。

图1.8 郎静山

图1.9 郎静山作品

图1.10 郎静山作品

郎静山的集锦摄影，仿国画、重意境、尊古法，在形式上模仿传统国画，题材和主题意趣多取自古画、古诗词，是中国绘画风格和摄影技法的统一，既具有个人的艺术风格，又有着鲜明的民族特色。

二．吴印咸

吴印咸（1900—1994）（图1.11）是中国著名的纪实摄影家、电影摄影家，原名吴荫诚，江苏沭阳人。1922年毕业于上海美术专科学校，后在上海担任过美术教员、画师和照相馆的摄影师。1932年进入上海天一影片公司任美工，1935年起先后在电通影业公司和明星电影公司任摄影师。拍摄过《风云儿女》、《都市风光》、《马路天使》等名作（图1.12、图1.13）。

他于1938年前往延安，任八路军总政治部电影团摄影队长，拍摄了

图1.11　吴印咸

图1.12　吴印咸的电影作品

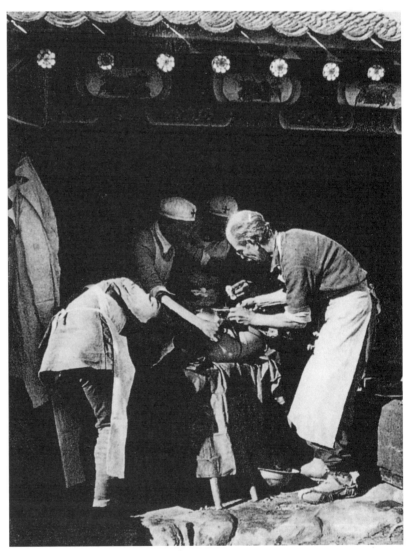
图1.13　吴印咸的摄影作品

《延安与八路军》、《南泥湾》、《白求恩大夫》等纪录片。1946年调任东北电影制片厂技术部长、厂长等职，此间组织拍摄了《桥》等新中国第一批故事片，后又调任北京电影学院副院长兼摄影系主任。吴印咸曾任文化部电影局顾问、中国摄影学会副主席、中国摄影家协会名誉主席、中国老摄影家协会名誉主席、中国电影摄影师学会理事长。

他在长达70年的摄影艺术生涯中，拍摄了数万张照片；拍摄了 7 部故事片和 5 部纪录片，曾获得全国电影"百花奖"的"最佳摄影奖"。他还编著了20多本摄影艺术专著，举办了20余次个人摄影展览。他的摄影作品先后被德意志民主共和国、日本、法国和中国香港的多家报刊选用，美国纽约国际摄影中心、法国阿兰艺术城、巴西圣保罗和里约热内卢等都举办过吴印咸摄影展。他曾先后获得新加坡影艺研究会授予的"荣誉高级会士"头衔，美国国际摄影艺术中心授予的"摄影功勋"证书，北京电影学院授予的"金烛奖"，中国摄影家协会和港澳摄影协会分别授予他"摄影大师"的名衔。

三．爱德华·韦斯顿

爱德华·韦斯顿（Edeward Weston，1888—1958）（图1.14）是一位世界著名的美国摄影家，他被人们称作"摄影界的毕加索"。韦斯顿从小在他父亲的影响下，就对摄影产生了极大的兴趣，18岁时就在加利福尼亚州开了一家照相馆。

韦斯顿一开始也像当时的一些摄影师一样，拍一些画意式的照片，但是他的那些不经意拍摄的照片，意想不到地在美国和欧洲的摄影展览中连连受到很高的评价。后来他又把注意力集中到了工业风光和建筑风光的拍摄上去了。1923年他去了墨西哥，摒弃了仿欧洲的现实主义艺术风格；随之用敏锐的眼光和丰富的想象以及巧妙的光影和逼真的形象，拍摄了许多蔬果和昆虫之类的静物作品，1925年他在墨西哥的瓜达拉哈拉举办了一个个人展览并获得了极大的成功。人们被他的充满活力的摄影作品所折服，从此爱德华·韦斯顿开始在摄影界名声大震。1931年墨西哥的艺术元老奥罗斯科在纽约为韦斯顿策展并指出："韦斯顿的艺术观念已远远超出了常人的想象。"

值得一提的是，1932年受到韦斯顿艺术风格影响的摄影大家亚当斯、戴克、坎宁安一致推举韦斯顿担任著名的"f/64摄影小组"的首任领导者。同年他们在美国旧金山举办的　"f/64摄影展览"引起了巨大的反响（图1.15、图1.16）。

1937年韦斯顿获得了"古根海姆奖"，他把得到的奖金投入到美国西部的创作中去，行程 3.5 万公里，拍摄了 1500 多张大画幅片子，1937 年整理出版了《加利福尼亚与西部地区》一书。

图1.14　韦斯顿

图1.15　韦斯顿作品

图1.16　韦斯顿作品

图1.17　保罗·史川德

韦斯顿是一位对生物和自然进行思索和提炼的主观主义摄影家，他说："我的作品并不是大自然的翻版，而是通过对大自然的拍摄来反映自己的心情"；"同人类的眼睛相比，照相机的镜头可以看到更多的东西。"因此我们可以说爱德华·韦斯顿是一位大自然的影像哲学家。

四．保罗·史川德

保罗·史川德（Paul Strand，1890—1976）（图1.17）是美国摄影界的元老，他的摄影题材十分广泛，人物、风光、静物、纪实报道及抽象摄影无所不精；他的这些非凡的摄影技艺，影响了与他同代和后代的许多大师级的摄影人物，例如人像摄影大师伊文璠和阿文东以及名声如雷的风光摄影大师亚当斯等摄影大家。因此史川德也就被人们尊称为"影像英雄"和"现代摄影之父"。特别要指出的是以布勒松和柯特兹为代

彩图4.9 这幅照片摄于香港清晨的街头，当时天尚未大亮，而且是一个阴天，画面的大部分色调较高，呈现为偏蓝的冷色调；而画面中的一家商铺已开始早市的营业，透出低色温的灯光，映照在周边人行道和行人身上，画面局部的低色温橙红色灯光与画面大部分高色温的冷色调天空反射光形成强烈的对比，这种手法在摄影艺术创作中是很常用的。需注意的是，对于一个画面中具有不同色温光源的情况，应将数字照相机的白平衡功能设定为"自动白平衡"，让照相机自动记录画面中不同色温光线所呈现的色彩效果

彩图2.4 尼康D7000单镜头反光数字照相机

彩图2.5 莱卡M4-P 135旁轴平视胶片照相机

彩图3.19 奥林巴斯E-P1数字照相机

彩图2.14 潘泰克斯645 120单镜头反光胶片照相机

彩图2.43　用超广角镜头拍摄的效果

彩图2.44　用17mm超广角镜头拍摄的效果

13mm f/5.6

15mm f/3.5

18mm f/3.5

20mm f/3.5

彩图2.41　各种不同焦距的超广角镜头

表的报道摄影是上世纪30年代才开始的，而早在十年以前史川德就已经开拓了自成体系的纪实性报道摄影了（图1.18、图1.19）。

史川德曾经在电影摄影中孜孜不倦地投身了20年的时光，并且像他的影像摄影一样取得了出色的成就。由他拍摄制作的影片《海浪》（1934）、《破坏草原的犁》（1935）、《西班牙之心》（1940）等都是纪录电影的经典之作；1942年他与人合作执导并掌机拍摄的影片《本土》还在1949年获得了捷克国际电影节的大奖。

史川德在53岁的时候又回归到了影像摄影中来了，之后他奔走于欧洲和中东各地拍摄照片，随后出版了《新英格兰的时光》（1950）和《活埃及》（1962）等摄影画册。

图1.18 史川德作品

图1.19 史川德作品

五．亨利·卡蒂尔－布勒松

亨利·卡蒂尔－布勒松（Henri Cartient-Bresson, 1908—2004）（图1.20）是世界著名的法国摄影家，这是一位纪实的摄影大师。他的名字就是摄影的代号，在摄影术起源的故都法国巴黎的街头，当你背着照相机走在大街上的时候，就会听到有人会对旁人说"你看布勒松来了"。还有人常用布勒松的全名（Henri Cartient-Bresson）的缩写H-C-B来表示摄影的最高水准；如果最基础的摄影是入门A-B-C，那么最高级的摄影就是H-C-B。自1839年8月19日达盖尔发布了"摄影术"之后的近100年间，人们一直在争论一个问题，即"摄影是不是一门艺术"。而后的半个多世纪因为有了布勒松，从此大家也就不再争议了。摄影最具记录功能，然而对同一景物却表现出不同的视觉画面，这就是艺术的创作及创意所在。

图1.20 布勒松

摄影的艺术表现有着众多的风格和流派，布勒松融各种流派与风格，创造了"决定性瞬间"的摄影哲学理论，1952年他出版了《决定性瞬间》一书。1947年布勒松与他的三位摄影好友大卫·西蒙、罗伯特·卡帕、乔·罗杰共同创立了世界著名的摄影团体玛格南图片社，在各种报刊杂志上发表纪实照片（图1.21、图1.22）。

图1.21　布勒松作品

图1.22　布勒松作品

布勒松的一生可以说拍了无数张别人的照片，然而这位摄影史上的怪杰，几乎从不让人拍摄他自己的照片。我们看到的他的肖像，基本上就是照相机挡去了他半个甚至整个脸部的照片，只有在一次接待柯达摄影博物馆馆长包蒙特·纽希尔的时候，才允许拍摄了一张露脸的正面照，这就是他那1946年的面容。

艺术评论家纽希尔曾于1949年说："我想到塞尚赞誉莫奈：'他只是一只眼睛，可是老天呐，这是一只何等厉害的眼睛呀！'"这也就是布勒松他自己常说的："一个人必须用心和眼去拍照片。"

布勒松的摄影作品，曾经于上一个世纪的90年代先后在北京和上海展出。

六．安塞尔·亚当斯

安塞尔·亚当斯（Ansel Ydams，1902—1985）（图1.23）是美国的著名摄影家，他是一位享誉世界的现代风光摄影先驱。他是一位集功成名就与技艺超群、荣华富贵于一身的一代摄影技艺宗师。

亚当斯在摄影发展的道路上，先是得到评论家潘德的赞助和引领；后又从"现代摄影之父"保罗·史川德影艺中受益匪浅。亚当斯曾经说："看史川德的作品是我一生最重要的经验，他的作品是一种观看事物的精致表现"，"那一瞬间使我领悟到以后该怎么走下去了。"亚当斯是名声显赫的f/64摄影团体的成员，他们推崇小光圈下极致的焦点、最大的景深和丰富的质感。而后又由亚当斯经过刻苦而科学的研究，创立了我们摄影人众所皆知的"区域曝光"（Zone System）的摄影技艺。他把影像的色界从白到黑分为10个不同的密度，拍摄时运用各种滤色镜改变景物的影调从而使黑白摄影中的影像得到最佳的色界与层次的

图1.23　亚当斯

表现，使得你在拍摄之前就能预先根据想要得到的影调，去优选拍摄曝光和后期冲洗的最佳组合，从而充分地表现影像的影调和层次，这也就是他于1930年编著出版的《基础摄影丛书》（Basi Photo Books）中的精髓。1935年由伦敦照相出版社为他出版了《照片制作》一书，从而使安塞尔·亚当斯在国际摄影界名声大震；由此大家也就不仅认同他是一位摄影艺术大师，同时也是一位杰出的摄影理论家（图1.24、图1.25）。

图1.24　亚当斯作品

亚当斯在美国人的心目中是个家喻户晓的伟人，他拍摄的那些渺无人烟的原始山川、森林和荒漠的景色，早就成了美国文化和道德的寓言。许多本无人知的地方由于他所拍摄的照片，现今均已成了著名的国家森林公园和生态保护区。

说到亚当斯，也许大家都只认为他是一个风光摄影家，其实你并不知道他还是一个人像摄影家，只是人们对他的人像作品很少见到而已，例如他拍摄两位恩师的《斯蒂格利茨》和《韦斯顿》就是他的代表作。

亚当斯又是一位出色的音乐演奏家，1915年他在为期一年的"黄金

图1.25　亚当斯作品

门博览会"上学会了多种乐器的演奏方法，1920年当他18岁时就参加了音乐演奏会。所以亚当斯这堪称一流的摄影暗房制作，其实是结缘于他那精湛的音乐天赋；娴熟而精道的演奏使他知道每一乐章的抑扬顿挫，并将其融入到他的前期拍摄和后期暗房之中；他就是这样把摄影作为一种艺术的表演，这正是安塞尔·亚当斯留给我们的名言："我的摄影生活是钟摆，拍照和放大是钟摆的两端。"如嘀哒不停的韵律和节奏。如今他已经离开了人生的时钟，然而那被安塞尔·亚当斯曾经在摄影史上敲响过的雷鸣般的这一刻将永远留在摄影的历史长河之中。

七．尤金·史密斯

尤金·史密斯（W.Eugene Smith，1918—1978）（图1.26）是一位被冠以"理想的浪漫主义"、"顶尖的摄影记者"的纪实与报道摄影大师。他一生只拍人：拍苦难与穷困的人、拍勇于向命运挑战和需要关心的人。同样引导他步出摄影 A-B-C 的，就是那个叫做马丁·慕卡西的匈牙利摄影家，因此可以说史密斯和布勒松是同出一个师门的两位重量级的世界摄影大师。

史密斯一生都为《新闻周刊》、《时代》杂志和《生活》杂志当记者，拍摄了大量让世人关注的事件，如《西班牙乡村》、《史怀哲》和《水俣》等人性影像的诗篇。其实史密斯的太太日裔美籍人爱莲·史密斯也是一个摄影家，就在他们结婚度蜜月去日本水俣小渔村的时候，看到由于工业废水中的水银致使许多村民中毒及身亡，他用四年半的时间同村民们为邻为友并吃住在一起；经过深入地观察、了解采访，拍摄了大量村民的疾病和痛苦。由此也就给自己招来了严重的祸害，差一点被工厂主派来的打手打死，结果在医院里住了近半年才捡回了一条命。1972年不屈的尤金·史密斯将他和爱莲·史密斯用生命得来的图文，发布在《生活》杂志上，引起了全世界对公害的高度重视；因此，史密斯也就成了日本民众心目中的英雄（图1.27、图1.28）。

历史将永远铭记他，因拍摄战争受伤而动了32次手术、取出100多块碎片，在水俣被打得差点瞎掉眼睛而遍体鳞伤，为劳苦大众伸张正义而坚强不屈的新闻斗士尤金·史密斯。

图1.26　史密斯

图1.27　史密斯作品

图1.28　史密斯作品

八．罗伯特·卡帕

罗伯特·卡帕（Robert Capa Andr`e Friedmann，1913—1954）（图1.29）是一位匈牙利人，他的真名叫做安德烈·弗列德曼（I，Andr`e Friedmann）。1934年他在法国巴黎炮制出了一个莫须有的世界著名摄影家"罗伯特·卡帕"，后来又由他当时的女友（而后的太太）西班牙人姬达·塔罗（Gerda Talo）在巴黎租借了一间办公用房，建立了一个号称美国的年轻摄影好手罗伯特·卡帕的经纪代理公司。运用塔罗天才的商业言说，以高于市价三倍的片价销售了这位只闻其名、不见其人的摄影高手的照片；接着他们又以同样的手段，在美国号称有一个法国的摄影高手罗伯特·卡帕，照样取得了相当可观的经济效益，不过说实在的，这些业绩主要还是取决于"卡帕"的照片质量。

卡帕真正成名还是在后来，在日内瓦的一个国际会议上，由于当天发生了突发事件而把所有正常采访的记者全部清除出场。可是那次只有弗列德曼一个人瞒过了瑞士的警察，并且拍摄了许多照片。这一切全部被当时在场的《考察》杂志的图片主编渥克看在眼里，他这独家新闻图片四天后就被《考察》杂志高价录用了，从此这个安德烈·弗列德曼就以罗伯特·卡帕之名公开亮相了。

1947年卡帕与布勒松、西蒙、罗杰一起创办了世界上最具影响力的摄影团体，即著名的玛格南（MAGNUM）集团，吸纳和培养了一大批重量级新闻、纪实摄影家。卡帕健在时一直是玛格南的领导者。

卡帕是有史以来最著名、最英勇的战地摄影记者。他的足迹遍布二次世界大战的各个战场，诺曼底登陆、日本侵华战争、法国解放战争、西班牙战争、意大利战争、北亚战争等等。然而1954年5月25日这位伟大的战地摄影家罗伯特·卡帕由于误踩了地雷而魂归上帝（图1.30、图1.31）。

图1.29　卡帕

图1.30　卡帕作品

图1.31　卡帕作品

安德烈·弗列德曼虽然去了天国，然而罗伯特·卡帕的精神却永驻爱好和平的人们的心灵，他的那句摄影名言将永远留在摄影人的心中："如果你的照片拍得不够好的话，那是因为你离炮火还不够近。"

九．曼·雷

图1.32　曼·雷

曼·雷（MAN RAY，1890—1976）（图1.32）祖籍俄罗斯，原名伊曼纽·拉德尼茨基，7岁时移居美国的布鲁克林。曼·雷从小喜欢美术，1910年认识了美国的291画廊的创办者、著名的摄影家斯蒂格里茨，并受到了由他主编的《摄影作品》杂志启迪，学得了摄影的技术和各种流派的表现方法。1921年曼·雷迁居法国巴黎开设了一家照相馆，专拍时装和肖像，此后的20年开创了他最辉煌的摄影时代，1923—1929年他还担任了许多电影的摄影。1940年他在德国纳粹侵占巴黎之前回到美国居住在好莱坞城，这期间的大约10年时间他全身心地投入到了绘画、编写剧本和教学之中。

1952年62岁的曼·雷又返回了他追梦的达达派（绘画）精神故乡巴黎定居，直至24年后的1976年以86岁的高龄，告别了他一生所从事的绘画以及摄影这片艺术天地。曼·雷生前曾先后在伦敦、巴黎、洛杉矶的艺术馆举办摄影展览，并于1971—1972年间举办了欧洲巡回展，去世之后人们又相继在法国的蓬皮杜艺术中心、美国国立艺术博物馆、中国的上海美术展览馆举办了"曼·雷摄影艺术展览"（图1.33、图1.34）。

图1.33　曼·雷作品

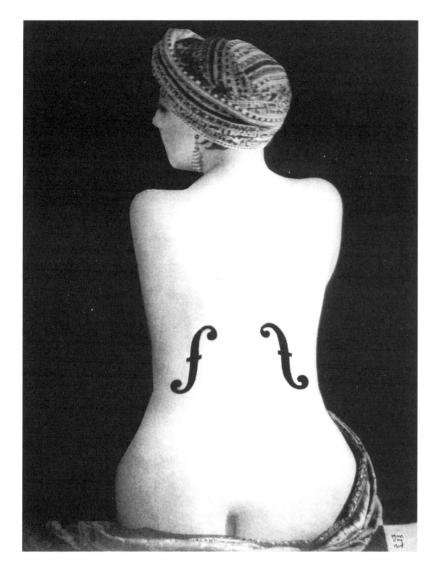

图1.34 曼·雷作品

曼·雷的摄影如同他的绘画一样，有着达达派的那种反传统的叛逆精神和超现实主义的思想体系。他在1930年拍摄的《泪珠》，是他最负盛名的代表作品；他大胆地运用最简洁的结构和最生动的形象及最美的瞬间，使它对你产生强烈的视觉冲击感，这一特写之后常被运用在影视片中，因此也被人们称之为"现代摄影之父"。

？ 思考与练习

1. 组成数字图像的基础数据是什么？

2. 什么是有效像素？

3. 分别说出图像的像素和色彩深度的单位名称。

第二章 摄影器材概述

第一节 照相机

世界上的照相机牌号大概有几百种，型号更是不计其数，我们可以大致按以下这么几种方式分类：

一．按成像方式分

（一）胶片成像照相机

也叫传统照相机（图2.1、图2.2），采用负片或彩色反转片作为感光材料，感光后利用化学手段，借助显、定影过程得到纸质照片或彩色正片的照相机。胶片成像照相机的成像方式已非常成熟，成像质量很高。胶片成像照相机尽管已流行了约160年，但目前除大画幅胶片相机在某些摄影领域还具有一定的使用价值外，胶片相机被新兴数字成像相机取而代之几乎已成定局。

图2.1　传统135旁轴平视相机通过底部"小开门"安装胶卷情形　　图2.2　传统135单镜头反光相机

（二）数字成像照相机

也叫数字照相机（图2.3、P11/彩图2.4），利用光电原理和数字技术成像并处理照片。该类照相机的历史不长，但最近几年发展势头迅猛，性能也日益完善，而且，在其性能不断完善的同时，制造成本和售价不断下降，因此普及速度大大加快。数字照相机的特点是即拍即看，极大地提高了初学摄影者的拍摄成功率，大大地降低了摄影门槛。该成像方式无需胶卷而成本低廉，后期便于通过电脑复制、修改、传送等，

图2.3　数字照相机

甚至一些新型的数字照相机本身已具备自动全景接片、色彩或反差调整等基本的后期处理功能。

二．按取景方式分

（一）单镜头平视取景照相机

也叫旁轴取景照相机（P11/彩图2.5），知名度最高的为德国莱卡M3。20世纪50年代以前，它曾经是主流照相机。20世纪70年代后期起开始流行的电子控制的135袖珍照相机，也采用这种旁轴取景结构。这种照相机的优点是没有反光板上下翻动而产生的震动，启动快门时机震很小；闪光摄影时，快门时间全部同步。这种照相机也有缺点，早期推出的这类照相机是利用双影重合原理聚焦，不是太方便，取景和拍摄视差较大；大部分该类照相机不能更换镜头。进入数字摄影时代的初期，小型数字相机（俗称"卡片机"），一般还都保留了这种旁轴取景功能（图2.6）。

（二）单镜头反光照相机

这种照相机（图2.7、图2.8）的优点是利用俯视取景器（图2.9）或五棱镜取景器取景，通过同一镜头取景和拍摄，故取景和拍摄几乎无视

图2.6　保留旁轴取景功能的小型数字相机

图2.9　玛米亚120单反相机通过俯视取景器取景

图2.7　莱卡R4 135单镜头反光相机

图2.8　佳能EOS5 135单镜头反光相机

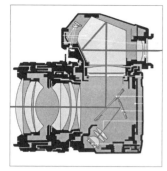

图2.10　135单反相机取景光路图

差（图2.10）；可自由更换各种不同焦距的镜头；使用各种滤光镜后内测光系统会自动对曝光量进行补偿；取景效果比较直观，尤其是五棱镜取景器的照相机，取景影像与实物的方向完全一致，便于摄影者取景和构图。这种照相机的缺点是拍摄时机震较大；闪光摄影时，一般高于1/60s、1/125s或1/250s的快门时间无法达到同步。

单镜头反光照相机的门类比较多，除了135照相机外，还有采用120胶卷的单镜头反光照相机。如哈苏、玛米亚、勃朗尼卡、潘泰克斯等120单镜头反光照相机（图2.11、图2.12、图2.13、P11/彩图2.14）。120单镜头反光照相机，由于其底片面积大，能够放制大幅照片，又因为其

图2.11　哈苏120单反相机

图2.12　勃朗尼卡120单反相机

图2.13　潘泰克斯67 120单反机相

取景和拍摄之间几乎无视差，还能够交换不同焦距的镜头，故在胶片时代这种照相机广泛运用于广告、工业产品、人像、婚纱、时装、挂历、建筑等方方面面的摄影。

进入数字摄影时代后面世的数字单镜头反光照相机，几乎照搬了原先胶片单镜头反光相机成熟的设计（图2.15）。

（三）双镜头反光照相机

这是一种采用120胶卷的照相机（图2.16），如海鸥4A、4B。海鸥4A、4B曾经是我国最流行的照相机，直到改革开放后才被135照相机取

图2.15　几乎照搬胶片单反相机成熟设计的数字单反相机

图2.16　玛米亚C330可更换镜头式120双反相机

代。该类照相机设有上下两个同焦距的镜头，上镜头负责取景，通过反光镜将影像折射到磨砂玻璃上供摄影者取景构图，而下镜头用于拍摄，上下两个镜头同步伸缩进行聚焦。由于采用120胶卷，底片大，因此成像质量较好。其缺点是：取景不便，视差较大，绝大多数这类相机不可更换镜头。

（四）电子图像取景式照相机

电子图像取景方式是伴随着数字照相机的诞生而出现的。这种取景方式是划时代的，代表着未来照相机取景方式的方向。旁轴平视式取景和反光式取景，都是通过实景取景（直接观察实景取景或实景经光学成像后供摄影者取景，图2.17），而电子图像式取景，是依靠数字照相机在正式拍摄前，由摄影镜头"摄入"的电子图像供摄影者取景的（图2.18）。首先，由于是由相机摄影镜头"摄入"电子图像供摄影者取景，故这种取景方式无视差；其次，数字相机装备可翻动式机背液晶取景屏（图2.19）已成为一种趋势，这使得摄影者采用俯视（低视点）或仰视（高视点）取景变得轻而易举（图2.20、图2.21）。然而，更重要的是，与旁轴平视式或反光式的实景取景相比，电子图像取景方式供摄影者取景的图像，是数字照相机根据预设的摄影条件摄下的电子图像，就是说，摄影者能在照相机录下所摄的图像之前，就能看到将要记录下来的图像的全部效果。这说明，电子图像取景屏实际上已不局限于供"取景"和观察

图2.17　旁轴平视式取景相机取景示意图

图2.18　数字相机靠摄下的电子图像供摄影者取景

图2.19　装备可翻动式液晶取景屏的数字相机

高视点摄影

低视点摄影

图2.20　利用可翻动式液晶屏进行仰视或俯视摄影

图2.21　通过俯视（低视点）取景拍摄的效果

图2.22 摄影者可看到包括预设曝光条件下景物的明暗等一切效果

图2.23 双手腾空托举相机取景，稳定性差

聚焦结果，摄影者能依靠这个取景屏，看到包括预设曝光条件下景物的明暗等一切效果（图2.22）。

小型数字照相机最先采用电子图像取景方式。经过几个阶段的更新换代，随着供摄影者取景的液晶屏的不断完善（比如液晶屏像素的提高和液晶屏尺寸的加大），使得前述这种取景方式能反映最终图片一切效果的优势更为显著。

近年来推出的数字单镜头反光照相机，有多款相机也装备了电子图像取景方式，就是说，这类数字单镜头反光照相机，除具备传统的五棱镜反光式取景器外，另具供摄影者选用的、可开闭的电子图像取景方式，当关闭电子图像取景方式后，摄影者可依靠五棱镜反光式取景器取景，此时机背上的液晶显示屏，主要用于回放图像用。

电子图像取景方式虽具备诸多优点，但摄影者为观察相机机背液晶屏上的图像，取景拍摄时不得不采用双手腾空托举相机使其远离眼睛的持机姿势（图2.23），许多摄影者质疑若以这种持机方式摄影，稳定性欠佳。

近年来推出的一些高端小型数字化照相机，十分巧妙地设计了一种通过接目镜观看的取景用液晶显示屏，并将其安装于照相机眼平取景器内，摄影者可像使用旁轴平视式取景相机或五棱镜反光式取景相机一样，通过接目镜观察液晶显示屏。这样，既具有电子图像取景方式一系列的优越性，又顾及到了摄影者采用将眼睛紧贴相机接目镜、稳定性较好的传统持机方式（图2.24、图2.25）摄影的要求。

三．按底片尺寸分
（一）135 照相机
这种照相机的底片尺寸是$24 \times 36mm$（图2.26）。

图2.24 稳定性较好的传统持机取景方式

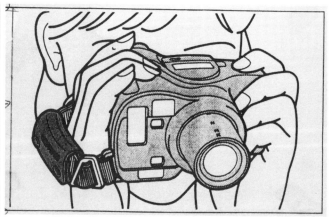

图2.25 稳定性较好的传统持机取景方式

（二）120照相机

这种照相机的底片尺寸有60×45mm、60×60mm、60×70mm、60×90mm等几种（图2.26）。

（三）大画幅照相机

这种照相机（图2.27、图2.28）使用的底片，部分为120胶卷，但更多的为单张大底片，如3英寸、5英寸、8英寸、10英寸的大底片（图2.26）。

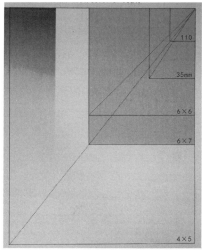

图2.26 135相机、120相机常规的底片尺寸

图2.27 大画幅照相机

图2.28 影室操控大画幅照相机示意图

四．按影像传感器尺寸分

（一）普及型数字照相机

这类相机影像传感器的尺寸较多，主要可归为两类：一类的尺寸大致在1/1.6～1/2.7英寸之间。另一类的尺寸为2/3英寸。

（二）APS-C数字照相机

这种相机影像传感器的尺寸为15.6×23.7mm或15×22.5mm（图2.29）。

（三）全画幅数字单镜头反光照相机

这种相机影像传感器的尺寸为24×36mm（图2.30）。

图2.29 APS-C规格影像传感器

图2.30 全画幅规格影像传感器

（四）采用数字后背的120照相机

这种相机（图2.31、图2.32）影像传感器的尺寸一般为36×48mm（图2.33）。

图2.31　玛米亚ZD 120数字相机　　图2.32　采用数字后背的玛米亚ZD 120数字相机　　图2.33　36×48mm的影像传感器

第二节　照相机的镜头

外界的景物只有通过镜头，才能在照相机的焦平面上聚焦成像。影像品质的高低，主要取决于镜片的材质、镀膜的质量、组装的精度等，低色散、非球面、防抖动和恒定的大光圈是当今品牌镜头的重要指标。图2.34为专业照相机厂推出的各种不同焦距镜头在同一视点对同一景物拍摄的效果。

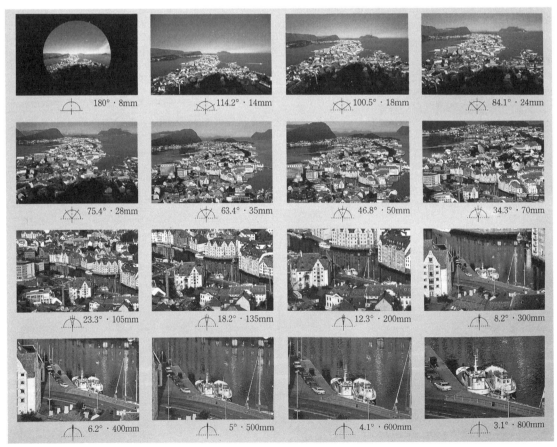

图2.34　各种不同焦距镜头在同一视点对同一景物拍摄的效果

一．有关照相机镜头的几个基本概念

长期以来，供24×36mm画幅135单镜头反光照相机交换用的各类镜头，一直是最主要、使用最为普遍的照相机镜头。直至今日，数字单镜头反光相机依然采用这种以24×36mm画幅对角线为基准设计的交换镜头。故本教材中所指的照相机镜头，除特别说明的，一般都是以24×36mm画幅对角线为基准设计的各种焦距的镜头。

对于全画幅数字单镜头反光相机来说，由于其影像传感器的尺寸为24×36mm，故以这一画幅对角线为基准设计的交换镜头与之完全匹配；对于目前更为常见的APS-C数字单镜头反光相机来说，由于其影像传感器的尺寸为15.6×23.7mm或15×22.5mm，传感器画幅对角线短于24×36mm画幅对角线（P48/彩图2.35），这样，以24×36mm画幅对角线为基准设计的交换镜头，与APS-C数字单镜头反光相机配合，镜头焦距一般要乘以1.5或1.6的系数，才是24×36mm画幅的等效焦距（表2.1），例如以24×36mm画幅对角线为基准设计的14mm焦距的超广角镜头，装接在APS-C数字单镜头反光相机上，那么，与24×36mm画幅等效的焦距就成为22.4mm（按乘系数1.6计），此时，该镜头已非对应24×36mm画幅的超广角镜头了，而成为对应24×36mm画幅的广角镜头了（图2.36、图2.37）。

画　幅	影像传感器尺寸	焦距变化
全画幅	24.0×36.0mm	无
APS-C画幅	15.6×23.7mm	1.5倍
APS-C画幅	15.0×22.5mm	1.6倍

表2.1

值得注意的是，以24×36mm画幅对角线为基准设计的交换镜头用于APS-C数字单镜头反光相机进行摄影，有"大材小用"之嫌，故在APS-C数字单镜头反光相机出现后，世界各相机或镜头制造商迅捷推出了仅适用于APS-C数字单镜头反光相机的交换镜头。这样，就形成了两类适用于APS-C数字单镜头反光相机的交换镜头，一类就是以24×36mm画幅对角线为基准设计的交换镜头；另一类就是仅适用于APS-C

图2.36　14mm镜头与全画幅数字单反相机配合拍摄的效果

图2.37　14mm镜头与APS-C画幅数字单反相机配合（此时与全画幅的等效焦距为22.4mm）拍摄的效果

图2.38　APS镜头

数字单镜头反光相机的交换镜头。为了有所区分，习惯上将前者称为"全幅镜头"，将后者称为"APS镜头"（图2.38）。

APS镜头制造成本相对低廉，成像素质却并不逊色。现在，APS镜头已十分常见，使用更是非常普遍。

APS镜头依然沿用了以24×36mm画幅对角线为基准的设计标准，但它对应24×36mm画幅的像场中，仅有对应15.6×23.7 mm的APS-C画幅部分的像质是达标的。换句话说，APS镜头若装接在画幅为24×36mm的135单镜头反光相机或影像传感器尺寸为24×36mm的全幅数字单镜头反光相机上使用，仅能确保对应大约15.6×23.7 mm的APS-C画幅部分的像质达标。为了避免出现这类失误，一些相机制造商在全幅数字单镜头反光相机的镜头接口上采用了特别的设计，使之只能装接全幅镜头。

二．标准镜头

图2.39　标准镜头

标准镜头（图2.39）的镜头焦距和底片（数字照相机为影像感应器）对角线接近，因此其拍摄视角与人眼视角大致相近，透视比例也基本相同（图2.40）。其特点是成像质量较好，透视畸变小，光圈绝对口径大，较适合翻拍或在照度较低环境下利用自然光拍摄等。

图2.40　用50mm标准镜头拍摄的效果

彩图2.52　用165mm长焦镜头拍摄的效果

彩图2.53　用250mm长焦镜头拍摄的效果

彩图2.51

彩图2.55

600mm f/5.6 IF-ED

600mm f/4 IF-ED

400mm f/3.5 IF-ED

400mm f/5.6 IF-ED

19

彩图2.49

三．广角镜头

广角镜头（P12/彩图2.41、图2.42）比标准镜头的焦距短，具有视角广、成像小、景深长的成像特点，它特别适合拍摄风光等全景或远景的大场面、大景深的照片（P12/彩图2.43、P12/彩图2.44、图2.45、图2.46、图2.47）。一般拍摄风光、会议、新闻、旅游留影以及生活摄影等其他题材时都会用到广角镜头，这是摄影者较常用的镜头。

图2.42　各种焦距的广角镜头

图2.45　17mm广角镜头拍摄的效果

图2.46　20mm广角镜头拍摄的效果

图2.47　28mm广角镜头拍摄的效果

图2.48

图2.50　长焦距镜头

图2.57

图2.58

图2.59

图2.54　160mm长焦距镜头拍摄的效果

图2.56　400mm长焦距镜头拍摄的效果

四．长焦距镜头

　　长焦距镜头（图2.48、P30/彩图2.49、图2.50）比标准镜头的焦距长，具有视角小、成像大、景深短的成像特点，适合拍摄特写、近景以及需要远距离取景而不便靠近拍摄的题材（P30/彩图2.51、P29/彩图2.52、P29/彩图2.53、图2.54、P30/彩图2.55、图2.56）。长焦距镜头在近距离选择较大光圈拍摄时，因为景深短，对聚焦要求比较高，无论手动聚焦还是自动聚焦，最好认真复核，确保焦点清晰。

五．变焦距镜头

　　上述三种镜头都是固定焦距镜头，而目前摄影者最常用的还是变焦距镜头（图2.57、图2.58、图2.59），变焦镜头取景更加方便，可在不改变视点位置的条件下通过改变镜头焦距来摄取不同视角的景别（图2.60、图2.61、图2.62、图2.63、图2.64）。变焦镜头的主要类别

图2.60

图2.61

图2.62

图2.63

图2.64

有广角到中焦的变焦镜头、中焦到长焦的变焦镜头和长焦变焦镜头。一般使用APS-C规格的数字单镜头反光照相机者可选择焦距范围大致在18~55mm（18~35mm）、17~85mm的变焦镜头，18~55mm、17~85mm的镜头装接在APS-C数字单镜头反光相机上，此时与24×36mm画幅等效的焦距就成为29~88mm、27~136mm（按乘系数1.6计），可以满足常见各种题材拍摄的需要（图2.65）。早期变焦距镜头的成像质量一般较定焦距镜头略差，有效口径也不够大。而随着科学技术水平的提高，现在，与定焦距镜头相比，变焦距镜头的成像质量毫不逊色，并且出现了大有效口径、高变焦倍率的变焦距镜头。

1．与APS-C机身配合，18mm广角端（相当于29mm）拍摄的效果

2．与APS-C机身配合，55mm广角端（相当于88mm）拍摄的效果

3．与APS-C机身配合，17mm广角端（相当于27mm）拍摄的效果

4．与APS-C机身配合，85mm广角端（相当于136mm）拍摄的效果

图2.65

六．特效镜头

1．移轴镜头

移轴镜头（图2.66）具有校正透视变形的功能，主要用来拍摄建筑。移轴镜头可在比较垂直角度取景的前提下，把镜头的像平面中心向调焦平面中心之上或之下移位，从而将建筑的顶部或底部较多地移进取镜框内而垂直线条仍然保持垂直（图2.67、图2.68）。中画幅照相机的移轴镜头有玛米亚75mm/F4.5、禄来75mm/F4.5和具有移轴功能的哈苏1.4增倍镜等；135照相机的移轴镜头有尼克尔PC28mm/F3.5、35mm/F2.8等。

图2.66　移轴镜头

图2.67　用普通镜头拍摄

图2.68　用移轴镜头拍摄

2．微距镜头

微距镜头（P47/彩图2.69）是主要用于近距离拍摄细小物品的镜头。微距镜头在控制透视、色彩还原以及清晰度等方面都有良好表现

（P47/彩图2.70、P47/彩图2.71），使用时与一般镜头无异，也可用来拍摄一般场景。常见微距镜头有三种：一种焦距为55~60mm，类似标准镜头；一种焦距为90~105mm，如著名的腾龙MFSP90mm微距镜头；还有就是焦距180mm、200mm的微距镜头。焦距长的微距镜头即使在较远摄距也能获得较大成像，拍摄小昆虫等效果较好。微距镜头的档次不同，规格也不同，成像倍率也不同，但大部分微距镜头为1∶1的近摄倍率，也有1∶2或2∶1的倍率。尽管目前便携式数码照相机大都可在很近的摄距拍摄，但其近摄成像质量肯定不如微距镜头的近摄成像质量。

第三节　感光材料及其种类

一．感光胶片

这是供传统照相机使用的一种靠金属银盐的化学性能来直接获得影像的感光材料。

（一）胶卷的种类

1.黑白胶片

经拍摄冲显后只得到由黑、白、灰三个色阶组成黑白影像的胶卷。

（1）全色片

在感光乳剂中加入了能感受黄、绿及红色光的光谱增感剂绿色素，能感受全部可见色光。市场上销售的黑白胶卷几乎都是全色片。全色片感光度高，宽容度大，感色性能好，但银粒较粗，解像力较低，反差较低。

（2）分色片

在感光乳剂中加入了光谱增感剂红色素，对蓝、紫色光以外的黄、绿色也能感受，但对蓝、紫色光更为敏感，不感受红色光，适于拍摄一般无红色物体在内的景物。其感光度、银粒、宽容度、反差、感色性与解像力等都介于色盲片与全色片之间。

（3）色盲片

只能感受蓝、紫色短波光，对其他色光迟钝或不感受，多用于电影拷贝片、幻灯片，可用作文字、图表的翻拍，感光度低，感色性差，宽容度小，但银粒较细腻，解像力高，反差大。

（4）红外线片

它能感受红外区内的不可见光，同时也对可见光中的蓝色短波光及紫外线敏感，因此，必须加用深红滤色镜把蓝色光线及紫外线滤去，使红外线感光片只在红外线及少量红色光下曝光。

2.彩色胶卷

经拍摄冲显后得到由红、绿、蓝三原色组成彩色影像的胶卷。

（1）彩色负片

彩色负片经拍摄冲显后，得到的影像明暗与被摄物相反，而色彩则与被摄物互为补色。

（2）彩色反转片

彩色反转片经拍摄冲显后，可以直接得到透明的彩色正像，其明暗、色彩均与被摄物相同。它的影像明度和色彩饱和度都比负片好，人们常用彩色反转片直接制版印刷，或当做幻灯片观看，当然也可以用反转相纸把彩色反转片放大成色泽鲜艳的照片。

（二）胶卷的性能

1. 感光度

它是感光材料的光化速度，也就是对光强的敏感程度。在同样的条件下，使用高感光度得到的影像密度大，使用低感光度得到的影像密度小。常用的中国的GB制和德国的DIN制是每3度为一级曝光量；美国的ASA制和国际标准ISO制都是2倍为一级曝光量（表2.2）。

ISO（国际际准）	GB（中国）	ASA（美国）	DIN（德国）	IOCT（俄国）
50/18	18	50	18	45
100/21	21	100	21	90
200/24	24	200	24	180
400/27	27	400	27	360

表2.2

2. 宽容度

能够按比例地表现景物明暗对比，真实地反映景物中丰富的明暗层次的范围。黑白片为1：128、彩色负片为1：32、彩色反转片为1：16。

3. 灰雾度

由于乳剂化学性质的不稳定，因此它就与感光材料的质量及保存的时间和方式、显影的条件和技术都有密切的关系。灰雾现象的存在影响了图像明暗阶调的再现，使画面对比度下降。所以灰雾度应该控制在一定范围内，一般要求把它控制在$D0 \leq 0.2$以内。

4. 分辨率

它也称鉴别率、解像力，表示底片分辨和记录景物细节的能力。我们是以每毫米内能分辨黑白线条的数目（线对）来表示底片分辨率的，底片的分辨率主要与感光材料的颗粒度和乳剂层的厚度有关。颗粒愈细、乳剂层愈薄，底片分辨率愈高。此外，颗粒间的散射与感光层之间的反射，以及洗印条件对底片分辨率都有影响。

清晰度是指所记录的景物中，不同密度的相邻细部之间分界的明锐程度，即黑白线条相间的边缘轮廓是否清晰。

5. 颗粒度

感光底片经曝光洗印以后，形成影像的银粒粗细程度称为颗粒度。颗粒度越细小越好，它的大小跟显影的温度和时间有关。

6. 感色性

底片对于各种波长的光线具有不同的敏感性，其程度和范围称之为感色性。氯化银和溴化银本身都能对短波有反应，然而加入有机染料后，它的感光的波段可以有所增加。

（三）胶片的使用和保存

无论是黑白胶片还是彩色胶片，它们都是由一种叫做溴化银的化学感光物质制作的。我们应当做到这么几点：尽量使用生产期较近、有效期较远的胶卷；一次使用尽可能把照相机内的胶卷拍完，并尽快冲显；胶卷要避免放置在高温、潮湿和近化学物品（特别是放射性物质）的地方；胶卷要低温保存，长时间不用的胶卷最好置于冰箱中存放。用时需提前半小时从冰箱中取出，不要急于打开塑料包装，让它自然回复到常温后方可拆开包装使用。

二．数字感光材料

这是在数字照相机中使用的一种间接获得影像的光电感光组件，当前在数字照相机中使用的有"CCD"和"CMOS"两种。由于CCD组件需用三路供电的先分流然后再合成的工作顺序，而CMOS组件只需用一路供电直接工作。因此CCD对图像处理的速度慢、组件多、占用空间大，成本也就高，所以CMOS将会取代CCD。

与感光胶片相比，感光芯片有自己的特点：

图2.72 部分数字相机具备低于ISO100的低感光度功能。利用这一功能，可将画面表现出以往低速胶卷拍摄的效果

（一）可任意调节感光度

"CCD"和"CMOS"有着胶卷无可比拟的优势，它可以随意调节感光度，在某种意义上来说一个机身可同时代替高速或低速胶卷的拍摄效果（图2.72）。一般便携式数字照相机用到ISO400的感光度拍摄，可以保证获得较好质量，而数字单反照相机则可选择更高的感光度拍摄。通常选择ISO800甚至于ISO1600也可得到很好的质量（图2.73、图2.74），这无疑大大拓宽了摄影者的表现手法和拍摄题材。

图2.73 用ISO800拍摄的效果

图2.74 用ISO1000拍摄的效果

未用滤镜

用黄色滤镜

用红色滤镜

图2.75　黑白摄影中加用黄、红滤镜的效果

（二）可任意调节图像大小和储存精度

"CCD"和"CMOS"作为感光芯片，它是一个记录图像的中转站，照相机中的处理器会根据摄影者的设置灵活计算处理图像。一卷胶卷可拍摄的画面数量是固定的，而当摄影者的储存介质容量受限制时，可以设定较小的图像尺寸或相对较低的保存精度，以便拍摄记录更多的素材。而且除了折旧因素外，数字芯片几乎无需胶卷成本的特点，为摄影者大批量地拍摄各种素材提供了基本保证。

（三）可任意记录不同色彩效果

"CCD"和"CMOS"不但可替代多种感光度，而且可模拟不同色彩特性的胶卷片种。现在发布的新版数字单反照相机大都可直接拍摄高质量的黑白图像，有些还可拍摄负像、色调分离效果的图像等。有的数字照相机在拍摄彩色图像时还有模拟彩色反转片的模式、标准色彩模式或鲜艳色彩模式等，所拍摄的图像不进电脑，不需图像处理软件加工，就可得到很微妙的色彩变化，这在一定程度上开拓了摄影者的创作思路。

（四）感光芯片需要特别保护

单镜头反光数字照相机的芯片在更换镜头时很容易染上灰尘，如发现有灰尘污染芯片后，要采取合适措施予以处理。一般建议采用吹气球吹去灰尘或按照说明书操作，不建议自己动手擦拭芯片，以防芯片表面的低通滤镜受损。一旦低通滤镜划伤受损，每张照片成像时该部位都暴露划伤的痕迹就麻烦了。

第四节　滤光镜及其作用

一．黑白摄影滤光镜
（一）黑白摄影滤光镜原理

它能通过与滤色镜的色相相同与相邻的色光，并阻挡大部分其他光谱的色光。滤色镜的颜色越深，这种通过与阻挡的性能就越强烈。

（二）黑白摄影滤光镜的作用

由于胶片对光的感色能力与我们的眼睛感色能力不一样，例如人眼对黄绿色光的感觉能力特别强，对紫外光线的感色能力相对比较弱，而胶片却对紫蓝光线特别敏感，而对黄色光线较为迟钝。为了真实地表现景物色调，这就需要对这些色光进行滤色校正。例如拍摄天空中的云彩，加用黄（Y）滤色镜，天空就会变灰暗，这样就使白云表现得较为明显了，黄的滤镜颜色越深，效果越明显，如果用红（R）滤色镜，天空就会变黑暗，云彩就会显得更白（图2.75）。

由于空气当中紫蓝光线的缘故，使我们看到的近处的景物较为清楚，而远处的景物较为模糊，且距离越远越为明显，此时你可运用黄（Y）、橙（YA）或是紫外光线可提高远景的清晰度。如运用蓝（B）、青（C）滤光镜，则能增强空气的透视效果。

当主体景物与背景色调相近而不易区分时，可加用与主体颜色相同的滤色镜，或是加用与背景相同颜色的滤色镜来改变主体与背景的反差，从而突出主体。例如拍红花绿叶时用红（R）滤色镜，使红花的色光通过，而使绿叶的色光受阻，这样在底片上提高了红花的密度、减少了绿叶的密度，使印放之后照片上花的亮度提高，叶的亮度压暗。用黑白胶片翻拍时，遇到那些有污迹的图片，可加用与污迹颜色相同的滤色镜来减弱或消除污迹（表2.3）。

滤色镜作用	通过色光	吸收色光
黄(Y)	黄、橙、红、绿	蓝、紫外光
黄绿(PO)	黄、绿、红	紫、大部分蓝、少量红
橙(YA)	红、黄、部分绿	紫、蓝、少量绿
红(R)	红、橙、黄	绿、蓝、紫
绿(G)	绿、黄	红、蓝、紫
蓝(B)	蓝、青	红、橙、黄、绿与少量紫外光

表2.3

二. 彩色摄影滤光镜

彩色摄影滤光镜，主要用于彩色摄影。常用的有"校色温滤光镜"，另外还有"色彩补偿的滤光镜"和"创造色彩效果的滤光镜"。

（一）校色温滤光镜的分类

在彩色摄影中，通常要求光源的色温与胶片的平衡色温相一致，如果不一致的话，就会产生偏色。校色温滤光镜是专门用于调整进入镜头的光线的色温，以满足彩色片对光线色温的要求。它有"橙色"和"蓝色"两大系列。橙色系列用于降低色温；蓝色系列用于提高色温。滤镜的颜色越深，这种提升或降低色温的能力也就越大。

1. 色温换型滤光镜

这是指需要大幅度升、降色温的校色温滤光镜，它是为"灯光片"在日光下使用和"日光片"在灯光下使用的。橙红色的雷登85系列是降低光源色温用的；海蓝色的雷登80系列是提升光源色温用的。

2. 光线平衡滤光镜

这是指只为小幅度升、降色温的校色滤光镜，雷登81系列与雷登82系列的滤光镜就是属于色温平衡滤光镜。其中雷登81滤光镜是用于降低光源色温的（表2.4）。雷登82滤光镜是用于升高光源色温的（表2.5）。

滤镜号	色温降低度	曝光补偿级
81	100～150	1/3
81A	200～230	1/3
81B	300～250	1/3
81C	400～350	1/3
81D	500～550	2/3
81EF	550～700	2/3
85C	1700	2/3
85	2100	2/3
85B	2300	2/3

表2.4

滤镜号	色温升高度	曝光补偿级
80A	2300	2
80B	2100	2
80C	1700	1
80D	1400	1/3
82C	400～550	2/3
82B	300～350	2/3
82A	200～220	1/3
82	100～150	1/3

表2.5

（二）色彩补偿滤光镜的特性与作用

色彩补偿滤光镜只对三层感光乳剂中的某一层或某两层起作用，从而起到调节色彩还原效果的作用。

当互易律失效时，用以补偿偏色，使色彩平衡；在某些特种光源，如荧光灯下拍摄时，用以校正色彩效果；进行微量的色彩调整，用于强调被摄体某些部位的色彩效果；有些专业型彩色反转片需用色彩补偿滤光镜来校正三层感光乳剂的色彩平衡，确保高度准确的色彩再现；根据创作意图，用于制作色彩独特的照片；拍摄彩色电视屏幕上的彩色影像，已有专用的"彩电色彩补偿滤光镜"，如"Kenko TV-CC滤光镜"。

三. 黑白摄影与彩色摄影通用滤光镜

（一）紫外线滤光镜（UV 镜）

是一种由氧化镍玻璃制成的能吸收可见光和邻界两侧区域的光线（300～400nm之间）的滤光镜，它分为染料吸收型（切割型）与干涉型两种。

吸收型UV镜由明胶加染料制成，它可以吸收全部可见光和红外线光；干涉型UV镜由干涉光栅和玻璃片制成，它只是吸收紫外线中的短波光线，运用它们可以提高景物特别是远景的清晰度。

（二）密度镜（灰镜 ND 镜）

是一种不带任何色彩成分而只含有一定光学密度的灰颜色滤光镜，它能起到减少光线整体的亮度而不影响光线色彩、不改变景物反差而只改变景物的整体密度的作用，运用它拍摄高亮度的景物时可丰富层次，增强质感。

（三）偏光镜

是由极细的玻璃光栅组成的滤光镜，呈青灰色。它常有两个镜圈可使其360度调转，从而让与光栅平行的光线通过，而使与光栅垂直的光线被阻挡、斜向的光线被减弱。运用它能消除或是减弱金属和玻璃及水面的反光耀斑和起到压低天空影调的作用。

（四）柔光镜

柔光镜是拍摄人像专用的滤光镜，它能柔化人物脸部的某些缺陷，使人物的形象具有柔和光嫩的视觉效果（图2.76）。

未用柔光镜拍摄的效果

加用柔光镜拍摄的效果

图2.76

（五）近摄镜

近摄镜是由一块无色透明的凸透镜做成的滤镜，运用它能靠近被摄物体，提高影像倍率，但是它的景深极小，而且因它本身球差的增大，所以四周结像率很低。

（六）星光镜

星光镜是一块无色透明的滤光镜，但是它是由刻成十字或是米字状纹覆盖的玻璃镜片，能使点光源（太阳或圆形的灯）的光线沿着十字或米字状发散光束（图2.77）。

图2.77　能调节光源点十字状发散光束角度的星光镜及用其拍摄的效果

（七）多影镜

多影镜是一种能产生多个重叠影像的滤镜，常见的为2～6影镜（图2.78）。

（八）超速镜

运用超速镜能使景物产生一种风驰电掣般的动感效果，常用来拍摄行驰中的车辆或奔跑中的人等。

（九）渐变镜

渐变镜是一种逐渐改变景物颜色或是景物光线亮度的滤光镜，常见的有渐变蓝色镜、渐变橙色镜、渐变黄色镜以及渐变灰密度镜。

图2.78 6影镜及拍摄的效果

思考与练习

1. 简述单镜头反光照相机的主要优点。
2. 数字照相机电子图像取景方式与传统照相机的光学取景方式有何本质区别?
3. 试用135单反相机交换镜头分别与全画幅数字单反相机和APS-C画幅数字单反相机配合，在同一视点对同一景物拍摄，比较两者焦距的变化和画面效果的变化。

第三章 主要摄影器材的基本操控技巧

第一节 照相机的基本操控技巧

一. 照相机的调焦方式

　　早期照相机都依靠手动调焦，通过调整镜头的镜片组使得被摄物在焦平面（胶片所在位置）上形成清晰的影像（图3.1）。自20世纪70年代后期开始流行自动调焦照相机，照相机利用相位差、超声波或红外线等技术控制镜头对摄影者所选部位作精确聚焦，从而获得焦点清晰的照片。自动聚焦减轻了摄影者的劳动强度，为视力不佳者提供了方便（图3.2）。

　　自动调焦的方式比较多，如佳能EOS系列照相机中的眼控调焦的模式，照相机会根据摄影者眼球活动及注视方位选择焦点。尽管调焦方式多种多样，但都是按照摄影者所选的特定区域为目标，区域少的为4～5个选区，区域多的达10多个选区。所选择区域在取景屏上通过方框或小型亮点显示，摄影者在聚焦时可根据需要拨动旋钮来选择调焦点。也就是说使用自动调焦照相机时，并不是不需作任何操作而完全由照相机"自动"处理，其实仍需摄影者认真确定聚焦点，只不过是将手动旋转调焦环的过程改由照相机自动完成而已（图3.3）。

　　自动调焦照相机的操作要点是保证曝光时的焦点和聚焦时的焦点一致性。如完成聚焦后需重新构图，照相机在移动过程中有可能重新自动聚焦，所以要半按快门或按住机身上的"AF/AE"锁钮，然后再调整构图完成拍摄。

　　前景中有外形相似的栏杆、玻璃等物体干扰，照相机的自动调焦系统有可能失灵，必要的话，应采用手动调焦方式来完成聚焦。此外在拍摄静物时，为更精细地安排焦点，也可采用手动调焦来完成。

二. 光圈及快门时间的选择

　　选择光圈和快门时间有两个含义：一个是技术层面，主要满足曝光需要。以传统胶片摄影为例，底片经曝光形成潜影，再通过显、定影成

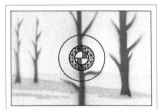
焦点未对准

焦点已对准

图3.1 胶片单反相机手动调焦功能最常用的裂像、微棱、磨砂面验证焦点装置

为永久的影像。底片曝光通过光圈和快门组合完成，光圈和快门时间均可作不同调节。其关系为在同样照度下，光圈越大，进光量也越多，所需曝光时间就越短，选择的快门时间也越短；选择的光圈越小，所需曝光时间就越长。如拍摄某画面，采用光圈F4、快门时间1/125s的曝光组合和采用光圈F8、1/30s秒的曝光组合，两者作用于底片的"感光"是一致的。对数字摄影来说，亦是如此。

光圈和快门时间的另一个作用是在画面上产生特定成像效果。选择的光圈越小，景深就越长（P48/彩图3.4）；选择的光圈越大，景深就越小（P48/彩图3.5）；因此一般在拍摄风光等需要前景、中景、远景都相对清晰的画面时，常常选择小光圈；拍摄人物特写等需要突出主体虚化背景时常采用大光圈。

快门时间对成像也有一种特殊作用，不同快门时间在表现动体时具有不同意义，快门时间越长，物体运动速度越快，成像就越虚化，形成的动感就越强烈。相反的是，快门时间越短，物体运动速度越慢，动感就越不容易体现。因此通过不同快门时间的选择，摄影者可在一定程度上对被摄对象的运动状态作不同效果的表现（P48/彩图3.6、P48/彩图3.7）。

三．测光及曝光补偿的运用

高质量的照片不但要焦点清晰，还要曝光准确，因此拍摄时需合理运用测光模式。较常见的三种测光模式为：平均测光、中央重点测光、点测光。顾名思义，平均测光适合拍摄整个画面亮度较均匀的内容，中央重点测光适合拍摄主体在中间的对象，而点测光适合拍摄主体与背景比例悬殊且亮度差异大的内容。如拍摄舞台上追光灯照明的演员时，选择点测光就可避免因深色背景影响而造成演员的曝光过度。

尽管照相机内测光系统能提供较科学的曝光数据，但照相机是将所有被摄对象按相当于18%中性灰度还原设计的。在照相机测光系统"看"来，无论是白雪皑皑的雪山还是黑沉沉的矿山都按中性灰基调来反映，所以拍摄有大面积白雪的雪山时，照相机会自动减少曝光量；拍

单区自动对焦模式

动态区域9点自动对焦模式

动态区域21点自动对焦模式

动态区域51点自动对焦模式

图3.2 常见的专业数字单反相机具备的多点自动对焦模式

图3.3 自动调焦点对准主要被摄物并完成聚焦

摄有大面积黑色的煤矿时，照相机会自动增加曝光量，这样显然与原物明暗大相径庭了。因此在拍摄那些亮度较特殊的对象时，仍需摄影者灵活处理，即进行"曝光补偿"，一般拍摄浅色调对象时需作曝光"正补偿"，拍摄深色调对象时需作曝光"负补偿"。拍摄明暗反差较大的画面时，通过"曝光补偿"，就能拍摄出符合实际影调的亮度来（图3.8a、图3.8b、图3.9）。

图3.8a　未经曝光补偿，被摄主体偏暗

图3.8b　经"正补偿"曝光，被摄主体的亮度符合实际影调

图3.9

通过曝光锁钮进行曝光补偿　　　　未经曝光补偿　　　　接近被摄主体并锁定曝光量，回到原拍摄点并调整构图再按快门摄下的效果

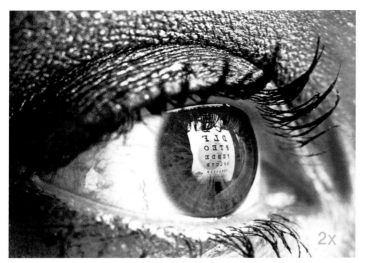

彩图2.70 微距镜头在成像清晰度方面具有良好表现

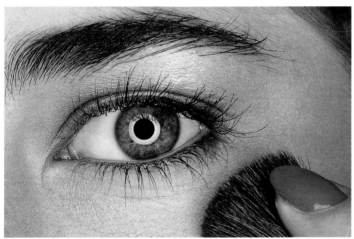

彩图2.71 微距镜头在控制透视、细部质感方面表现出色

Micro 200mm f/4 IF

Micro 105mm f/4

Micro 55mm f/2.8

彩图2.69 各种不同焦距的微距镜头

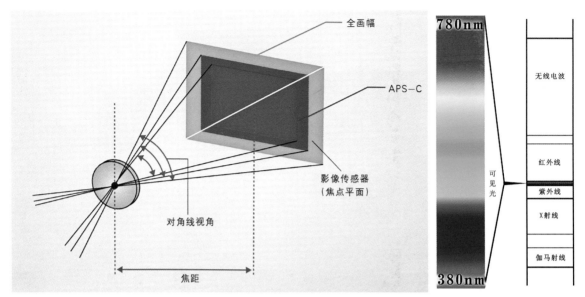

彩图2.35　135单反相机交换镜头焦距与不同尺寸影像传感器的对应关系

彩图4.7　光谱示意图

彩图3.4　光圈小，景深长

彩图3.5　光圈大，景深短

彩图3.6　快门时间长，动态被摄物部分虚化，动感明显

彩图3.7　快门时间短，动态被摄物整体"凝结"，动感不明显

四．拍摄时要保证照相机稳定

上述所有工作全部完成后就可启动快门拍摄，但在拍摄时要绝对保持照相机的稳定，启动快门前最好预先半按快门，屏住呼吸。一般来说手持照相机拍摄，不能采用低于1/125s的快门时间。而且所选快门时间越长，保持照相机稳定就越困难。使用标准镜头或更长焦距的镜头时，如采用1/30s或更长的曝光时间，最好用三脚架稳定照相机，然后用快门线或"自拍"完成拍摄（图3.10）。如果是拍摄静物，无论采用什么快门时间，都应该采用三脚架来稳定照相机（图3.11）。

图3.10 用奥林巴斯E-P1数字相机加袖珍三脚架拍摄，曝光时间约2秒（架设在路灯基座上）

"自拍"分为机械和电子两种方式，机械类非电子照相机均采用机械自拍，自动调焦照相机采用电子快门线或触发电子按钮启动自拍，自拍通常延时10s左右（有的照相机也可自行选择合适的延时）自动释放快门完成拍摄。如果没有三脚架，也可将照相机稳定在固定物体上完成拍摄，曝光瞬间照相机的任何轻微晃动都会影响成像清晰度。

第二节 数字照相机特有的操控技巧

一．了解和熟悉常见数字照相机

目前数字照相机主要有四大类，成像质量最好的是采用数字后背的120照相机，其像素达2000万以上，但价格昂贵。数字单镜头反光相机中的几款佳能相机，影像感应器为24×36mm的规格，被称为全画幅数字单镜头反光照相机，如佳能EOS5DII全画幅数字单镜头反光照相机。P65/彩图3.12、P65/彩图3.13是用佳能EOS5DII全画幅数字单反相机拍摄的效果。较流行的是影像感应器为APS-C规格的数字单镜头反光相机，影像感应器面积约为15.6×23.7mm，尽管比传统照相机底片尺寸小些，但其CCD（CMOS）面积为便携式数字照相机的6倍以上，照片质量已

图3.11 各种稳定照相机的方法

能满足一般新闻、纪实、广告、风光等题材的要求（图3.14、P119/彩图3.15、图3.16、图3.17）。另一个类型是2/3英寸CCD的类单反数字照相机，典型代表为索尼F828，这类照相机拍摄的照片层次和清晰度能满足一般使用要求，但其致命弱点是快门有时滞，不如单反机响应迅捷。

目前流行的所谓"微单"数字相机(图3.18、P11/彩图3.19)，发展势头迅

图3.14　用尼康D80 APS－C数字单反相机拍摄的效果

图3.16　用尼康D80 APS－C数字单反相机拍摄的效果

图3.17　用尼康D80 APS－C数字单反相机拍摄的效果

猛，它正逐渐被许多高端用户接受。这类相机依然是小型数字相机的结构，但影像感应器采用APS-C规格或4/3英寸规格，特别是还能像单镜头反光相机那样更换配套镜头（加接专用接环后，还能采用数字单反相机的交换镜头，如图3.20、图3.21），就是说几乎具备了一般数字单反相机所有的优点，但体积仅比一般卡片式数字相机略大，可以说是兼顾了数字单反相机成像质量和数字卡片相机便携性两个方面，故这类相机面世不久就被人们称之为"微单"，意为"微型的单反"。其实，这里的"单"，并不具"单反结构"的意思，而是指这类相机的成像质量可以与目前流行的APS-C规格的数字单反相机媲美。例如，被誉为"卡片之薄，单反之用"的奥林巴斯E-P1"微单"相机（图3.22、图3.23），采用有效像素为1230

图3.18 奥林巴斯E-P1数字相机和配套交换镜头及取景器

图3.20 奥林巴斯E-P1通过专用接环，能采用4/3画幅规格相机的交换镜头

图3.21 通过第三方厂商提供的专用接环，E-P1相机还能采用其他品牌的单反相机交换镜头

图3.22 奥林巴斯E-P1"微单"相机

图3.23 奥林巴斯E-P1"微单"相机

万的4/3英寸规格的影像感应器，成像质量十分出色（P66/彩图3.24、图3.25、图3.26、图3.27）。还有一类照相机为便携式数字照相机，其影像感应器尺寸大致在1/1.6～1/2.7英寸间，相对来说，分母越小的影像感应器成像质量越高。总的来说，对不同档次的数字照相机的成像质量无法进行简单的类比。

图3.25　用奥林巴斯E-P1相机拍摄　　　　　　　　　图3.26　用奥林巴斯E-P1相机拍摄

图3.27　用奥林巴斯E-P1相机拍摄

二．设定合适的图像尺寸的储存格式

数字照相机上安装了影像感应器，通过光电转换经计算处理后将数据储存在储存卡上。其使用方法和胶片照相机比较，某些方面稍有不同，如能在实践中予以注意，有利于提高照片的质量。数字照相机用像素表示照片分辨精度，像素越高的照相机拍摄的照片越适合放大。但高像素照相机也能拍摄低像素照片，如果摄影者在拍摄时将照片尺寸设定过小，后期也难以得到大尺寸高清晰照片。小尺寸照片在电脑屏幕上观看有很好清晰度，但难以满足放制大照片的要求。一般来说，准备放大到6英寸的照片，最好选择不低于500万像素的尺寸（2560×1920）。如果是用于高档印刷品或广告画面，就应该选择最高像素拍摄，同时用最高的精度来存储。原来因储存卡价格比较高，为节省存储空间，摄影者有时不得不拍摄较小的照片文件，如今存储卡价格大幅下跌，为摄影者存储大规格的照片文件提供了基础。

数字照相机拍摄的照片可通过不同存储格式保存，有的是压缩格式，如"JPG"格式；有的是无损压缩格式，如"RAW"格式；有的是不压缩格式，如"TIFF"格式。采用无损压缩或不压缩格式储存的照片文件更能满足后期高质量输出的需要。对一般摄影者来说，因存储卡容量或电脑硬盘空间有限，采用"JPG"格式存储未尝不可，"JPG"格式可采用不同压缩率存储，通常设有"精细"、"标准"、"普通"三种压缩率，一般采用"精细"模式存储对图像质量的影响几可忽略。不到万不得已不提倡选择"普通"模式存储。

不同像素照片局部放大效果对比见图3.28、图3.29。

图3.28　300万像素图像局部放大　　　图3.29　600万像素图像局部放大

三．选择合适的"白平衡"模式

白平衡是数字照相机特有的功能之一。我们知道，在不同颜色的光线下用彩色胶卷拍摄，照片色彩会受光线影响出现偏色，为了使照片色彩正常还原，彩色胶卷分为灯光型和日光型，而且还有不同颜色的滤光镜可用来校正色温。而数字照相机则采用"白平衡"模式来校正光线对色彩还原的影响，设定到指定光源位置上，照相机会按相应光源色温来处理照片色彩基调，以获得色彩平衡的照片。

数字照相机有日光、多云、阴影、阴天、白炽灯、荧光灯等多种白平衡模式供摄影者选择，还有"手动白平衡"供特殊光线下使用。有些数字单反照相机在摄影者选择相应白平衡模式后，还可通过菜单像曝光补偿一样作微调，以获得更精准的色彩。

一般在自然光下拍摄，将白平衡设定于自动档，通常都能得到较准确的色彩还原。尤其是缺乏经验者或经常需抢拍突发事件者，可考虑将白平衡设定于自动档，这样很方便，且保险系数较大。如果用白炽灯白平衡模式在阳光下拍摄，得到的照片就会偏蓝，那便是明显失误。如果拍摄的照片有轻微偏色，后期可在Photoshop图像处理软件中作修整。

四．恰当利用各种调节参数

数字照相机还可在相机上调整所拍照片的对比度、颜色鲜艳度、锐度等参数，这些参数的设定与一张照片最后层次丰富与否密切相关。较高级的数字单反机可由用户自定义对比度，将"色调曲线"载入照相机后便可"一劳永逸"。应该说在不同光比和反差条件下拍摄时，通过调整对比度固然有利于提高照片质量，但如调节过度，片面强调反差，也不利于照片层次的表现。在阴天拍摄照片，或翻拍需高反差的图时，可适当提高对比度；在夏季强烈日光下拍摄，则可适当降低对比度。但一般不建议在照相机上更改对比度等设定，如果作了对比度等调整后，在一次拍摄完毕后，最好立即将相机复原为标准状态，防止以后的拍摄出现失误。应该说，照相机的出厂设定是综合了各种实际拍摄需要和质量指标后的一种比较科学的设定，对于缺乏丰富经验的摄影者而言，不是特别需要，不要更改照相机的相关参数。相对来说，即使拍摄时反差偏弱，颜色饱和度稍逊，后期尚可调整；如果因更改参数导致所拍的原始图像文件反差过强或颜色不丰富，后期就没有多少调整余地了。

五．尽可能保证曝光准确

除了硬件会影响数字照片质量外，拍摄时曝光准确与否这些"软"的因素也会影响照片的质量。有些摄影者有种错误观点，认为用数字照相机拍摄时无需太认真，图像可在后期处理时调整。其实数字照片原始质量最为重要，拍摄时对曝光准确的要求很高。曝光不足，照片暗部缺乏足够层次，噪点明显；曝光过度时，高光部位一片"死白"，后期根本无法补救。只有曝光准确的照片才有丰富的层次，也只有在原始图像文件层次较丰富的基础上，才有后期进行微调的可能。这就需摄影者根据被摄对象的实际情况采用相应的测光方式来拍摄，同时还要根据被摄对象影调特点作相应的曝光补偿等。如果是拍摄较重要的对象，还可采用"阶梯式曝光"（即按曝光不足、正常、过度各摄一张）拍摄法，以保证得到曝光准确的照片。

六．合理用光和控制光比

数字照相机采用影像感应器接受光电信号，和传统胶卷的成像比较，稍有差异。主要表现为在色彩或层次的明暗范围记录方面，比彩色负片略逊，也就是说，目前一般数字照相机的影像感应器能记录的明暗反差范围尚不如彩色负片那样宽广，仅和彩色反转片比较接近。因此在拍摄反差过大内容时，如兼顾对象高光部分，将可能失去暗部层次；如兼顾暗部层次，则高光部分将受影响。所以在拍摄高反差对象时，最好能适当补光以缩小反差。其实拍过彩色反转片的摄影者都知道，由于彩色反转片的特性是反差偏强，拍摄高反差对象不很理想。相对来说，使用数字照相机时要像对待彩色反转片一样，多利用较柔和的光线，也可多选顺光（图3.30）、前侧光（P66/彩图3.31、P66/彩图3.32、图3.33），少拍逆光或大侧光等高反差强对比场景。

如果需要拍摄高反差的内容，尤其是人物、商品或花卉静物等，最好利用反光屏等来营造补光。实践证明，只要光比合适，曝光得当，即使是普及型数字照相机也有可能拍摄出高质量的数字照片来。

图3.30　利用比较柔和的光线拍摄的效果

图3.33　利用前侧光拍摄的效果

？ 思考与练习

1. 利用相机自动曝光功能拍摄时，哪些情况需"正补偿"？哪些情况需"负补偿"？利用常见数字单反相机的曝光补偿功能，对几种典型情况进行补偿曝光的拍摄练习，提高自身对曝光补偿量的判断力。

2. 照相机光圈和快门除控制镜头的进光量外，在控制画面效果方面有哪些作用？通过操作实践，体会通过改变光圈或快门时间来表现被摄物的景深效果或动感效果。

第四章 摄影的表现手法

第一节 摄影的基本表现形式

一. 纪实摄影

（一）纪实摄影的本质特征

　　纪实摄影是一种现场实录式的摄影。纪实摄影以"两不"为原则，一是不干涉被摄对象，二是不破坏现场的环境与气氛，纪实摄影摄录的是事物的客观形象，因此它是一种"客观的原生态的写真"（图4.1）。

图4.1　中国教师基金第一股

（二）纪实摄影的拍摄题材

　　纪实摄影以新闻摄影为代表，除此之外还有军事摄影、科技摄影、体育摄影、建筑摄影、民俗庆典摄影、会务报道摄影及自然风光、舞台表演等题材的摄影。

（三）纪实摄影的表现手法

　　纪实摄影一般不使用焦距很短的超广角镜头或鱼眼镜头，这些都会使画面过于夸张，通常也不使用那些花哨的效果滤镜。

纪实摄影强调一个"真"字，因此真情实感便是纪实摄影的本质特征。

二．创意摄影

（一）创意摄影的本质特征

创意摄影是以创作为指导思想，以张扬个性艺术、表现风格流派为特点的创造性摄影。创意摄影不像纪实摄影那样有许多"清规戒律"，但它比较强调用光、构图等美学造型元素，特别注重构思立意和艺术思想的表现形式。创意摄影讲究光线、光比、明暗、反差等画面的影调与色彩，重视被摄景物的形体、排列、质感等，尤其是着力刻画事物的内涵和表现画面的意境。

（二）创意摄影的拍摄题材

创意摄影所涉及的题材要比纪实摄影广泛得多，如静物摄影、广告摄影、小品摄影、抽象摄影、观念摄影、画意摄影等，它还可以把纪实摄影中的一些题材用创意的手段来表现，使之成为创意作品（图4.2）。

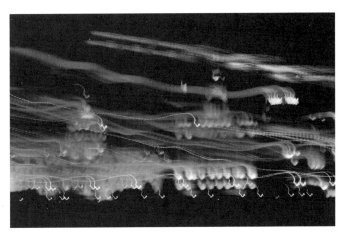

图4.2 奇光异彩夜上海

（三）创意摄影的表现手法

创意摄影的表现手法很多，如运用横向追随和纵向追随的手法把纪实的体育摄影、人物活动摄影、生物摄影拍摄成带有动感和爆炸效果的画面；在影室中通过布光、调整光比、构思造型等手段把原本属于纪实的人物肖像拍成高、中、低三个影调的人像艺术照；在夜景建筑摄影中采用慢速快门把行进的车辆拍成流动的轨迹；把自然风光摄制成水墨画和油画的效果等等。总而言之创意摄影很大程度上是一种主观的艺术创作。

第二节 两大需把握的基本技法

一．把握好宽容度与光比的关系

拍照的时候你必须先要了解和把握好你所使用的感光材料的感光宽容度与你所拍摄的实际景物的光比之间的关系，如果感光宽容度大于被摄景物的光比的话，则影像的层次就丰富；要是感光宽容度小于被摄景物的光比的话，那么摄取的影像亮部或是暗部就会缺少层次。

感光宽容度，是指感光材料对光线的敏感程度，即在曝光时对景物的明与暗的细部所能记录和表现的极限程度；它是以所能记录和表现的明与暗的比例关系来表示的。如银盐型黑白胶片的感光宽容度是1:128、彩色负片的感光宽容度是1:32、彩色反转片的感光宽容度是1:16，数码摄影用的光点记录器按理来说应当可以达到1:256的感光宽容度，然而由于当前对于它的光学物理性能还未能完全控制，因此目前它的感光宽容度大致是1:14左右。

光比是光线的明暗对比关系，即光线的明与暗的比例。画面的影调表现于景物的层次感和立体感，这些都是与实际景物的明与暗即光比和在拍摄时所使用的感光材料的感光宽容度有关。如果被摄景物光线的明暗光比太大，超过了所使用的感光材料的感光宽容度，那么被摄景物的影像就会缺少层次感，特别是景物亮部的表现力；如果被摄景物光线的明暗光比太小，要是接近1:1的话，那么被摄景物的影像就既会缺少层次又会缺乏立体感。

二．把握好影像主体的景深

你的画面影像需要多大的景深，我们说照片中的景物影像不是每一张都是要用大景深去把它从前到后都拍清楚的，照片上景物的景深应当根据拍摄的内容和所要表现的意境来决定它的大小。比如拍团体照的话一定需要大景深，拍风光照的话基本上也要大景深（P120/彩图4.3），而人物活动的照片大部分需要用小景深拍摄（图4.4），以便能更好地突出主体、表现主题；同时，在手持照相机抓拍之时，由于采用了较大的光圈提高了快门时间，从而也就能稳定相机确保了成像的质量。

图4.4 常规的人物摄影，需用短景深来表现

第三节 摄影用光技法

一．曝光技艺

（一）曝光组合

1.光的要素

摄影是通过曝光来获取影像的，而曝光是运用光圈和快门的组合来完成的。这种组合又须对它适度地控制，才能得到高质量的影像。因此曝光过度或是曝光不足，都将影响影像的质量。

2.光线的方向

不同方向的光照有着不同的曝光量，正面光—前侧光—侧面光—后侧光（侧逆光）—背面光（逆光），一般来说，实际摄影时，每一种光线应当增加半级曝光量。

3.光线方向与题材

不同方向的光照适合不同景物的拍摄：正面光宜对儿童和高调照片的拍摄，前侧光宜对青少年、中年人和建筑照片的拍摄（图4.5、图4.6），侧面光宜对冷艳人像和质感粗糙物体的拍摄，后侧光宜对长者、老人和自然风光的拍摄，背面光宜拍摄具有剪影效果和在深色背景中具有轮廓光效的照片。

图4.5　用前侧光来表现，能取得较好的效果

图4.6　用前侧光来表现，能取得较好的效果

（二）光线与色彩

"有光才有色"，由于景物受到光线照射的缘故，人们才能看见自然界中各种景物的光亮和颜色。光在均匀的介质中以300000 km/s的速度作直线传播，光在人们的视觉中呈现红、橙、黄、绿、青、蓝、紫等颜色，它的波长在380～780nm范围内（P48/彩图4.7）。

1.光的颜色与波长

（1）光的颜色

不同的光源有着不同的颜色，用三棱镜把白光进行分解后，则能看到红、橙、黄、绿、青、蓝、紫七种色光。同一物质在不同颜色的光源照射下，会产生不同的色彩效果。

（2）光的波长

光线是电磁波，分为可见光线、红外光线、紫外光线、X光线、γ光线、电振动射线。而电磁波的传播强度与其频率和波长有关。组成白光的各种可视颜色的电磁波频率波长各不相同，其中红光的频率最低，波长也长，而紫光的频率最高，属短波长。波长越短的光被大气层及尘埃吸收衰减得就越强，反之就弱。由于地球的圆弧使得高纬度地区的大气层相对光线增加了厚度，高频短波光线被大量衰减，而低频长波光线畅通无阻，这就是上午和傍晚日光是红黄色的原因；而上午10时至下午3时这个时段的日光基本上是白光。

2.光的原色与补色

光的三原色为红光、绿光、蓝光三种色光。

光的三补色为青光、品红光、黄光三种色光。

色光六星图中的每一种原色光是由与它相邻的两种补色光所组成，即红光＝黄光＋品红光，绿光＝黄光＋青光，蓝光＝青光＋品红光。每一种补色光都是由与它相邻的两种色光所组成的，即黄光＝红光＋绿光，青光＝绿光＋蓝光，品红光＝蓝光＋红光。

色光六星图中的每两个对应的色光即为补色光（红与青、黄与蓝、绿与品红），每一种对应的补色光叠加起来能呈现白的色光。即红光＋青光＝白光，黄光＋蓝光＝白光，绿光＋品红光＝白光。红光、绿光、蓝光称为三原色光，青光、品红光、黄光称为三补色光（图4.8）。

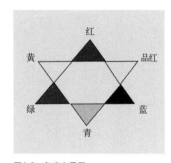

图4.8　色光六星图

二．光源与色温

色温，它是表示辐射光源颜色特征的物理量。色温的单位为开尔文（Kelvin），用当头的"K"表示。

色温仅用于表示光源的颜色，而并不是表示光源的实际物理温度，更不能用于表示物体的颜色。光源的色温高表示光源中含有蓝色光的成分多，光源色温低表示光源的光谱成分中含有红色光的成分多。从P11/彩图4.9中可以看出，画面中受高色温的蓝色光和低色温的红色光的共同作用而呈现的效果。中午前后的太阳光色温在5500K左右；早晚的太阳光色温较低，约在1900～2800K。晴朗的天空光色温在6500～6950K。电子闪光灯发出的光线色温在5500K，这正适合于彩色日光型胶卷的色彩还原对色温的要求。新闻碘钨灯的光线色温在3200K，适合于彩色灯光型胶卷的色彩还原对色温的要求。

（一）日光的色温

日光的色温见表4.1。

日照情况	光线色温（K）
日出日落时	1900
日出后15分钟	2100
日落前30分钟	2300
日出后30分钟	2400
日出后1小时	3200
日出后1.5小时	4000
日落前2.5小时	4300
日出后2小时	4500
中午前后	5500

表4.1

（二）人造光色温

人造光色温见表4.2。

光源种类	光源色温（K）
电子闪光灯	5300～5600
1000～5000W卤素灯	5000～6000
高色温碳弧灯	5500
白色碳弧灯	5000
500W摄影冷光灯	3400
摄影卤素灯	3000～4000
500W高色温摄影灯	3200
1300W新闻碘钨灯	3200
200W白炽灯	2980
100W白炽灯	2900
60W白炽灯	2700
25W白炽灯	2500
烛光	1800

表4.2

（三）色温的运用

彩色感光胶片有三层感光乳剂重叠在一起，为了色彩平衡，感光材料制造商选择了两种常见光源，一是日光（5400K），二是摄影强光灯（3200K）。根据这两种光源的色光成分，制造出适合于色温5400K的日光型胶片和适合于色温3200K的灯光型胶片。

1.正常的运用

根据彩色感光胶片的色温要求，按标准色温进行拍摄，即灯光型彩色胶卷在3200K的灯光下拍摄，日光型彩色胶卷在5400K的光源下使用。

如果在不符合胶卷色温条件的光源下拍摄，如何取得平衡感光？如日光型彩色胶卷在3200K的灯光下拍摄、灯光型彩色胶卷在5400K的光源下使用。为了彩色胶片的平衡感光，可以采取其中的一种方法：改变光源的色温、调换符合色温条件的胶卷、用雷登滤光片来校正光源的色温。当日光型彩色胶片在3200K的光源下拍摄时，将雷登80滤光片放置在照相机的镜头前面，这样可以把光源的色温提高到5400K。雷登80滤光片是深蓝色的，阻光率较大，必须增加曝光3级曝光量。当灯光型彩色胶卷在5400K的光源下拍摄时，应将雷登85滤光片放置在照相机的镜头前面，这样可以把光源的色温牌低至3200K。雷登85滤光片是橙色的，有阻光作用，应当增加曝光2级曝光量。

2.非正常的运用

根据人的心理要求和主观愿望，采用非正常的色温光线进行拍摄，从而达到某种效果、气氛和意境。

用低色温的光线进行拍摄，让稍微偏红光线颜色呈暖调，以示喜气洋洋、欣欣向荣和阳光般温暖的视觉感受。

用高色温的光线进行拍摄，让稍微偏蓝光线颜色呈冷调，以示冷清、萧条或清静、寒冷及冷艳的视觉感受。

3.运用的技术

使用传统照相机进行拍摄时，可用色温表。

使用数字照相机进行拍摄时，可调白平衡。

第四节　摄影构图技法

一．构图的目的与要素

（一）构图的目的

在摄影画面的框架中，正确地处理好主体与陪体的相互关系及其所处的位置，从而更好地反映摄影画面的主题。

（二）构图的要素

1.主体

直接反映主题的景物，它在画面中的结构直接地影响着作品主题的表现力。它是在语言文学中作主语（名词）的景物形象，它在画面中的结构直接地影响着作品主题的思想与内涵。

2.陪体

烘托主体、深化主题的景物，它在画面中的结构虽是间接地反映作品主题，但却往往起着画龙点睛的作用。它是在语言文学中作状语（环境、地点、时间、气氛）的景物形象。

（三）关于主体的位置

在摄影的画面结构中，主体应当是画面的趣味中心。但是，它又绝非是画面的几何中心。我们在构图时通常不要让主体居中，因为几何中心的结构往往使画面显得呆板，缺乏生气，所以在构图时宜将主体置于画面的两侧近三分之一处。那么什么时候偏左、什么时候偏右呢？在拍摄人物和动物中可运用"视向性"原理来布局，即在反对正面正身的人像艺术摄影的构图而用斜侧面（或侧面、背侧面）造型

图4.10

时，根据人物的目视方向，在人物视线的方向一侧，由画面的几何中心向后退约三分之一（图4.10）。同样我们在进行风光摄影时，应把自然的山脉主峰、大树或是建筑的主体也置于这个位置上。

如图4.10所示，被摄主体应当是画面的趣味中心，但一般不位于画面的几何中心。

1.独立主体

（1）主体居于框架的几何中心

一般来说，主体处于画面的框架中心，画面容易显得死板呆滞，在构图时要避免将单个的主体安排在画面正中，但相对来说，拍摄有些比较庄重严肃的题材时，主体处于中心的画面也有一定优势。

（2）主体处于黄金分割点的位置

通常在安排单个主体时，将对象安排在黄金分割点上，也就是相当于在画面作"井"字形分割线交叉点上，从视觉效果看，这个位置的主体更为引人注目，整个画面也显得更为自然生动（图4.11）。

（3）正面透视画面显得呆板

尤其是拍摄具有明显透视关系的建筑等题材时，要避免正面透视。因为正面透视往往比较对称，容易给人呆板的感觉。若不是拍摄特定的需要端正对称形式来表现的题材时，应避免正面透视。

（4）斜侧透视画面生动活泼

与正面透视相反的是，斜侧透视画面显得比较生动活泼，如建筑的汇聚线纵深感也会得到一定程度的强化，就对象立体感的表现而言，也更为有效。

2.复合主体

（1）拍摄两个同类主体宜避呆板

如果碰到两个同类的景物，拍摄时机位决不可居中与两个景物成等腰（或等边）三角形，从而使两景物之间的假想连线与框架的上下边框平行，以免使画面视觉平静、呆板。

图4.11 主体位置图

（2）拍摄同样形体宜求变化

如果碰到两个形体同样大小的景物，拍摄时可将照相机靠近某一景物，镜头稍稍仰起取景构图，这样可使景物产生近大远小和近高远低的透视效果，从而使两个景物的假想连线成为一条斜线，让画面的视觉显得生动活泼。

（3）拍摄三个同类物体宜避对称

如果碰到三个同类的景物，可用斜线构图，或者用三角形结构（但应是不规则的三角形，常忌三者的连线成为等腰、等边或直角的这些规则而特殊的三角形）。

（4）拍摄四个以上物体力避与边框平行

如果碰到四个以上的景物，构图的原则是各点的连线尽可能地不与框架四边平行。

二．构图的景别与视角

（一）五种景别

我们把水平方向上的景物由近到远分别称为：特写、近景、中景、全景、远景，在人物摄影中特写与近景是表现神态的（图4.12、图4.13）；中景与全景是表现姿势的（图4.14、图4.15）；远景通常是表现宏大气势与环境的风光的（图4.16）。

图4.12 特写

图4.13 近景

图4.14 中景

彩图3.12 用佳能EOS 5D Mark II全画幅数字单反相机拍摄的效果

彩图3.13 用佳能EOS 5D Mark II全画幅数字单反相机拍摄的效果

彩图3.24 用奥林巴斯E-P1
数字相机拍摄的效果

彩图3.31 利用前侧光拍摄的效果

彩图3.32 利用前侧光拍摄的效果

图4.15　全景

图4.16　远景

图4.17 构图时适当提高地平线,将杂乱背景排除在画面之外

(二)三种视角

我们把垂直方向上的透视分为平视、仰视、俯视。平视跟人的正常透视一致;仰视呈下面大、上面小的透视现象,并且具有近高远低的透视效果;俯视呈上面大、下面小的透视现象,并且起到净化画面的效果。图4.17就是运用俯角拍摄去除了两鹅背后河岸上杂乱景物的。

三.关于地平线位置的处理

(一)在画面中的上下结构

在风光摄影中最忌讳地平线居中,即五五开的天地对称。这条地平线应离开画面中心线,向上或是向下放置。那么何时向上?何时向下呢?这可以运用"天象性"原理来布局,即在拍摄时,可依据天空的景象而决定地平线的上下位置(图4.18)。

地平线居中,呈对称结构,画面呆板,最忌运用,所以应使地平线上移或是下置。

天空景象平淡(如阴天、雨天或是万里晴空却无云彩的天气),则该让地平线向上。此时就多拍些地面景物而少拍些天空的景物;甚至是让地平线出上框,完全都拍地面的景物。

天空景象丰富(如旭日东升的朝霞、夕阳西下的晚霞,或是蓝天上白云朵朵),则该让地平线向下,此时就多拍些天空景物而少拍些地面的景物;甚至是让地平线出下框,全部都拍天空的景物。

(二)在画面中的水平走向

在自然环境中摄影,除了要选好地平线在画面框架中上下位置,还要选好地平线在水平方向上的坡度走势以及它在画面框架中的布局。

地平线平行于画面的上下边框,画面的形式结构平淡。地面呈坡度走势,与画面上下边框成斜向或是起伏状的结构,画面显得活跃(P83/彩图4.19)。

图4.18 天空景象较丰富,构图时可适当降低地平线

四．关于建筑物的画面构成

（一）关于建筑物的纵轴线

地面上的建筑物应百分之百地纵向垂直于地面，否则就会有倾倒的视觉感。

拍摄时照相机歪斜，造成取景框的上下边框与地平线不平行，致使建筑物倾斜，给人以危在旦夕的感觉。所以在拍摄建筑物时，一定要持正照相机，确保建筑物的纵轴线平行于取景框的左右边框，从而给人以安全平稳的感觉（图4.20、图4.21）。

（二）关于纠正形变的方法

用普通广角镜头或标准镜头拍摄比较高大的建筑，因拍摄的距离不够，采用仰摄，从而致使画面左右两侧的建筑产生下宽上窄的形变。这种画面，在艺术创作中虽说是属许可的，但总觉得给人以不太舒服的感觉。要改变这种画面的结构，一是看看能否退到较远的拍摄点上，以减少因仰摄而造成的视觉形变；二是提高你的拍摄点，找一个大楼走到与所拍高楼的中间等高的窗口处拍摄；三是换用拍摄建筑专用的移轴镜头来纠正形变（图4.22a、图4.22b）。

图4.20 新型数字相机具备的电子虚拟水平仪，摄影者借助于这一功能，可方便地获得平稳的构图

五．关于画面的视觉平衡

摄影画面的平衡在构图中至关重要，因为它会影响到作品给人的视觉稳定感，并直接有碍于作品的艺术感染力。

图4.21 确保建筑物垂直于水平线，给人以稳定的感觉

图4.22a　用移轴镜头拍摄　　　　　　　　图4.22b　用普通镜头拍摄

（一）视觉平衡的表现形式

1.景物平衡

在一个摄影画面的框架里，景物安排的位置通常应做到上下，或是左右，均需有所支撑而保持平衡。也就是说不要把景物都集中在一边，使对应的另一边过于空白，这样的画面可能会使人看了很不舒服，产生一种失重而不稳定的视觉感。

2.影调平衡

在一个摄影画面的框架里，一边的景物影调很深、色调很浓重，而另一边的景物影调和色调却非常浅淡，这样的画面结构会给人不平衡的视觉感。

3.综合平衡

在一个摄影画面的框架里，影调总是伴随着景物同时存在于构图形式中的，因此我们应当同时兼顾景物和影调的视觉重力，让它们相互作用以求平衡。

（二）画面平衡的表现方法

摄影构图中的"平衡"绝不是数学中的"均衡"。所以不要在构图中做对称式的景物排列，使画面缺少变化而无生气，画面平衡的表现方法有：

1.关于景物平衡的方法

画面景物的布局要避免单边化，就是说画面的左右两边或是上下两部分都应有景物。

要避免将景物居于画面的几何中心，以使画面显得呆板。

2.关于影调平衡的方法

取景时尽可能要避免画面的左右两边，或是上下两部分的景物形成色彩或影调强烈反差的场景。

要避免上述场景的出现，有时应避开侧面光对某些景物影调的影响。

如果现场的景物与光线都已不可改变，在这种情况下我们可以利用渐变密度镜来调整画面两边的光比与反差，从而平衡画面。

（三）关于综合平衡的方法

取景时将形体较大或是影调、色彩较深的景物安排在影调、色彩较浅的画面一边，而把形体较小或是影调、色彩较浅的景物安置在影调、色彩较深的画面一边。

用光时通过光线方向与景物阴影的明暗来调整画面在视觉上的平衡度（P83/彩图4.23）。

运用照相机镜头的焦距和拍摄视点的变化（上下远近）来改变景物的透视比例，运用在拍摄距离上的近大远小和仰摄时的近高远低的成像原理来改变景物在不同影调中的形体分量。

其实上述这些均为摄影构图的基本原理和技法，只是借鉴，不必照抄；往往绝妙就在于反其道而行之之中，因为摄影构图的原则是：有其规律，无其规定。

例如图4.24采取的就是反构图，在透视中为了平衡画面，则把主体人物放在与视向性相反的一侧。

图4.24 《回眸》（反构图运用例子）潘锋

Chapter 5

第五章 专题摄影

第一节 纪实摄影

纪实摄影是对于人类社会的发展进程、对于具有历史性意义的事件所进行的真实记录，是涉及政治、经济、文化、艺术、生活等方方面面的客观事实的影像，它以图像史料的形式对社会历史的回顾和展望是文字所无法替代的，其文献价值不可小觑。

一. 纪实摄影的特征

英文单词Documentary的中文释意为"纪录片，纪实性节目"、"给出关于某方面事实的记录或报告"， 英国皇家艺术学院高级摄影导师米歇尔·兰福德在他的《世界摄影史话》中说："纪实摄影是指反映现实情况和现实事件的真实影像。但是，为了表达个人的观点，拍摄者可以进行构图，可以选择拍摄时机。这就意味着，对于拍摄对象，他是有所研究、有所了解的，他懂得什么有意义，什么应当拍摄。"这本书1986年在中国出版时，译者谢汉俊将Documentary Photography即纪实摄影译为写实摄影。《时代生活丛书》的编者将其定义为："纪实摄影是由一个摄影家对现实世界所作的描写，其目的在于表现某种重要现实以帮助人们了解。"我国的摄影学者黄少华认为："纪实摄影是摄影家对现实世界中具有社会意义的人与人、人与环境之间关系作相对全面的诚实生动的描写，借以引起观众对被描写对象的关注与正确认识的一种摄影艺术形式。"由此看来， "纪实摄影"（Documentary Photography）是摄录人类社会历史的客观形象的"原生态摄影"，其题材内容具有一定的社会意义和人文历史的文献价值。广义上的纪实摄影是指体现摄影纪实特征的各种实用摄影及新闻报道摄影；狭义的纪实摄影是一种专门把镜头对准社会、瞄准人类生活的社会纪实摄影。作为对社会的忠实记录，纪实摄影理应具有更为广泛的社会意义，摄影的纪实特征通过社会纪实摄影的手段加以体现，因而具有更为明显的社会属性。摄影师们说："要做历史见证人，不让历史留下空白。"因此也可以说，纪实摄影是我们人类的视觉日记。从历史上看，第二次世界大战结束后，日本经济逐步从废墟上复苏，工业发展迅猛，然而随之而来的工业污染和各种公害问题在上个世纪70年代开始被人们认知。由于一家化学工厂不断向海里排放大量含汞废料的污水，以致当地渔村许多人因食用被污染的鱼虾而终身瘫痪并将病症遗传给下一代，事件令逾万人受害，900多人死亡。1972年史密斯到日本办展时得知了这一情况，他当下就决定用照片的形式揭露这种污染环境的罪恶，为受害的人们讨回公道。他来到日本九州熊本县一个叫做"水俣"的沿海小村里，租借了一个小屋，和渔民吃住在一起。他用了三年半的时间进行采访，拍摄了上千幅照片。厂方为了阻止他采访，雇用了打手多次袭击他，他被打成重伤而且差点丧命。他以流血积伤和不畏强暴的精神完成了自己的"使命"，后来选出其中的175幅照片，集结出版了一本名叫《水俣》的画册，发行了三万多册。这个专题不仅轰动了日本，也轰动了全世界，他让读者看到了一本人类悲惨的视觉日记，引起了全世界人民对环境保护问题的高度重视，最终迫使当局下令把水俣市列为灾区，并禁止渔民到该处水域捕鱼达26年之久。从照片中我们看到慈祥的母亲脸上写满了怜爱，看着由于水银中毒生下来就是全身残疾的女儿智子，那种浓浓的人文主义情怀着实让人动容（图5.1）。

图5.1 《水俣-智子入浴》尤金·史密斯 摄

再如，我国新闻工作者解海龙从1988年开始走访了16个省40多个贫困县的150多所农村中小学，行程4万多公里，他的那些反映失学儿童悲状和贫困地区乡村教育现状的照片，通过各种媒体传播到了海内外。所拍摄的照片于1994年结集为《我要读书》的摄影集出版，同年他的作品在人民大会堂展出。纪实摄影作品《我要读书》系列组照中的那个安徽省金寨县的大眼睛小姑娘，手握铅笔睁着一对渴望的大眼睛望着前方（图5.2），深深打动了我国和世界各地华人以及一些外国人士。在全国掀起了一场以社会集资、专为中国大陆贫困地区失学儿童解决复学问题的希望工程的运动，它改变了数百万贫困家庭孩子的命运，而此张照片也成为中国希望工程的宣传标志，这就充分显示了纪实摄影所带来的巨大的社会效应。

二．纪实摄影的功用

摄影的纪实，于摄影术诞生不久便出现了。欧美一些摄影家对风光旅游、考古遗址、城市建设、工业文明及战争情况进行了颇具人文意识的记录性拍摄，它所涉及的题材十分广泛，包括人类社会事件、社会现象、民俗民风、生产生活状态和各类景观等，总之摄影家都是选择有社会价值、历史价值和文献价值的

图5.2 《我要读书》 解海龙 摄

对象加以记录的，但同时也不排除其间夹杂着摄影家们的主观情感。纪实摄影，是直接记录对象和逼真再现对象的摄影，它以真实、准确为前提，用最敏锐的触角及时对社会上发生的一切进行评判，在对与错、是与非之间态度鲜明，为社会提供了一面正视自己、矫正自己的镜子，并敢于用镜头去直面人生，敢于用镜头去揭露社会矛盾，讴歌人类的崇高情感。美国著名纪实主义摄影家刘易斯·威克斯·哈晗为了揭露当时美国移民的贫困生活和移民对前途的恐惧，充分发挥了摄影的纪实功能，让照片来说明一切，让民众通过照片来了解痛苦的社会生活。作为一位纪实摄影家，必须在决定性瞬间"看出某一事物的重要意义"，同时又必须找到"相应的表现形式"，能在"表现周围世界"的同时，还要表现"自我"。

纪实摄影所涉及的题材有三种。第一是记录具有时代特征的重大事件以及生活片断，是对发生的重要的、有影响力的事件进行的摄影，例如战争、政治事件、重大仪式、灾害等等。因为影响了人类历史的进程，所以这些图片无论对当世的还是后代的人们，都具有弥足珍贵的纪念意义和历史价值，足以帮助人们反思。20世纪初，摄影家们开始自觉地关注社会，他们通过纪实摄影对社会改革也产生了重大影响，其中典型的代表人物是美国摄影家和社会改革家路易斯·海因。他有着强烈的社会责任感和对拍摄对象的同情心，他的纪实摄影涉及到迁移的难民、各地的童工、城镇贫民窟和受灾的乡村等，特别是他对美国各地童工恶劣生存状态的报道使得美国政府最终通过法案废止了童工制度（图5.3）。

二战期间，在德国及被占领土地上，纳粹建立了几十座集中营。最令人毛骨悚然的是奥斯维辛死亡营，那里接连几个月每天都要用煤气杀死1200名受难者。美国军队在1945年4月11日占领了德国东部的布痕瓦尔德集中营，发现其中有2.1万名快要饿死的幸存者和几千具尸体，德寇撤走时，他们尽可能地把这些集中营销毁掉，然而成堆的尸体骨灰、装满头发的仓库却还是成了活生生的证据。美国著名战地女记者玛格丽特·伯特·怀特拍摄的《纳粹集中营》（图5.4）以让人触目惊心的画面揭露了德国纳粹惨无人道的暴行，将法西斯的罪行用照片永远钉在历史的耻辱柱上。这样的题材对于人类的生存与发展都有着举足轻重的意义，给人们留下了另一种意义上的财产。

图5.3 《10岁童工》海因 摄　　　　　　　　　　　图5.4 《纳粹集中营》怀特 摄

新中国成立后，美国对中国采取了封锁、孤立政策，两国民间交往也完全隔绝。20世纪60年代末国际形势发生了巨大变化，1969年尼克松就任美国总统后，为了摆脱陷入越南战争泥淖的困境，改变当时苏攻美守的战略态势，谋求发展对华关系，两国关系开始松动。1971年春在日本名古屋举行了第31届世界乒乓球锦标赛，毛泽东抓住这个时机，作出决策邀请美

图5.5　《基辛格的"乒乓外交"》
潘锋　摄

国乒乓球队访华，率先打开了两国人民友好往来的大门，中美关系翻开了新的一页。"小球转动了大球"，乒乓外交推动了世界形势的发展。潘锋拍摄的《基辛格的"乒乓外交"》（图5.5）充分体现了中美关系是从"乒乓外交"开始解冻的，照片所传达的信息和价值远远超过了照片上画面本身的内容。

王文澜的《自行车王国》、王福春的《火车上的中国人》等，这类作品主要是以记录具有非常明显的时代特征的人物装束、行为、生活方式为特点。作者有时也会借以表达一定的看法或观点，但是不多，主要是让人比较客观地观看，并从时代的差异中体会出某种情趣。

纪实摄影的第二类题材是记录正在消失的人文遗迹和百姓生活风俗。这一类摄影作品将目光投向最广泛的人类生活。无论是城镇还是乡村、传统与现代、民俗与流行，都被定格为一个个精彩的画面，作品体现出较强的历史价值。不少摄影家认为，摄影的长处既然是记录，就应该首先想到记录那些正在逝去的东西，以便让后人看到他们已经无法从现实生活中看到的景象。例如法国著名的摄影家马克·吕布，他以锐利的目光注视着人类社会的每一个角落，他的足迹遍布全世界，他报道过越南战争、中国文化大革命以及其他许多历史大事。1957年他发表了对中国报道的第一张图片，从那时起他先后6次访问中国，观察和记录了中国发生的许多历史大事，以其独到的眼光拍摄了很多具有典型代表意义的照片，对于反映当时中国的社会现状与历史特色起着见证与忠实记录的作用。他坚持抓拍，不干涉对象，只用现场光，其作品注重细节与内涵，平实的画面耐人寻味。他用友善、温和的画面去赞美东方的和谐之美，有时也提出善意的批评，他热爱中国和中国人民，他用自己的方式去思考、去表达、去介入。1965年，马克·吕布在琉璃厂街拍摄的

《老北京的一条街》（图5.6）反映的就是上个世纪60年代的北京市民的生活，在今天看来，它也是当时中国平民生活的真实写照。

图5.6 《老北京的一条街》1965年马克·吕布 摄

我国比较有代表性的作品有姜健的《场景》、徐勇的《胡同》、王毅的《中国民间建筑》、李楠的《小脚女人》、王东风的《山西古戏台》等。有相当多的摄影家在从事摄影这一工作时，有的只是单纯地记录，有的则在记录时添加进了一些感情性的成分，后者的作品通常体现出较强的历史价值。

纪实摄影的第三个题材是描述有特点的人文故事。当我们综观每年在荷兰举行的世界新闻摄影比赛近50年的获奖作品时，我们会发现有关战争、暴力、灾难、疾病、丑闻等的题材占了很大的比例，多数纪实摄影作者都是秉承着人文关怀的理念进行记录的。这种用人道主义精神关心人类大家庭、关心人类大多数人命运的作品是历史和时代的见证，拍摄这类作品时摄影者往往需要认真地选择创作主题，做深入的研究，并且要花很大的精力去拍摄。他们往往把摄影当成参与社会变革的工具，他们试图用影像说服读者，特别是说服那些对社会发展进步能起主导作用的人，借以改变现状、解决问题，如侯登科的《麦客》、杨延康的《民间天主教》、赵铁林的《另类人生》、袁冬平的《精神病院》、卢广的《河南艾滋村》等。尤其是自由摄影师卢广多年来拍摄的大量社会纪实作品，多是反映社会热点、焦点问题，如西部大淘金、吸毒禁毒、小煤窑、艾滋病村、京杭运河、三峡、青藏铁路建设等。他连续三年追踪拍摄了乡村艾滋病孤儿，其中《河南艾滋村》（图5.7）在2004年的第47届世界新闻摄影大赛中获当代热点类组照金奖。

三. 纪实摄影的表现手法

纵观纪实摄影作品，我们不难发现在拍摄时，画面中的被摄人物可能并不知晓摄影者的拍摄活动，如邹建东拍摄的1949年4月中国人民进

摄影技艺基础教程

76

图5.7　《河南艾滋村》卢广　摄

行的解放战争之渡江战役的《强渡长江》（图5.8）。当然也有许多当事人是知道摄影者在拍摄，例如前面提到过的解海龙拍的那张《我要上学》，当时作者是在山路上遇到了上学去的孩子们，他跟随着他们来到学校，而后进入教室拍摄，教室中的孩子们也都看到了面前的记者，这时的记者只是在适当的时机按下了快门。照片中的小女孩在做她本该做的事情，手拿着铅笔，瞪着两只充满求知欲望的大眼睛直视前方，一点也没有被拍摄的感觉。可见摄影者采用了不干涉被摄对象、不破坏现场环境气氛的方式摄录了客观形象，这与法国著名摄影家亨利·卡蒂尔－布勒松在1952年出版的摄影著作《决定性瞬间》前言中所提出的"对于摄影来说，选择的环节是最重要的，在选择的空间中要能把某一有意义的特点瞬间固定下来"，对于表现人"要捕捉住被摄者外部世界和内在世

图5.8　《强渡长江》邹建东　摄

图5.9 《男孩》卡蒂尔-布勒松 摄

界相互交融的典型瞬间，尊重被摄者周围的环境气氛"的"决定性瞬间"精神是一致的。布勒松提出的"决定性瞬间"是指被摄事物的形式和内容在这一时刻恰到好处地构成一幅和谐的画面。他在书中把摄影定义为"在几分之一秒内将一个事件的内涵及其表现形式记录下来，并将它们带到生活中去"。《男孩》（图5.9）这张照片的题材并不重大，但却是布勒松的一幅脍炙人口的名作。表现了一个男孩两只手里各抱一个大酒瓶，踌躇满志地走回家去，好像完成了一个光荣而艰巨的任务。照片中的人物，情绪十分自然真实，显示出布勒松熟练的抓拍功夫。抓拍是布勒松一生所坚持的基本手段，他从来不去干涉他的拍摄对象。

从以上的分析可以得知，纪实摄影首先是一种社会活动，它把真实作为摄影的基本要求，在真实的基础上溢美、扬善，用作品内容的美与丑去打动人们的心灵；其次，"真"也是纪实摄影的审美要求，把照片提供有价值的信息含量作为最主要的要素，此外"真"又是构建摄影艺术美的一种基础因素，纪实摄影创作是真中求美，是一种直接将真与美统一起来的造型活动。

摄影艺术创作中的"纪实再现"具有生活原型的生动美、个性美，从创作主体中直观生活的真实，揭示出生活的本质规律和生活的情趣，便获得了美的享受。

总之，纪实摄影的题材主要注重社会内涵，要具有社会生活意义及经济发展变化内容，纪实摄影有助于启迪人们的智慧，有助于逐步消除人类社会生活中存在的各种陋习和弊端。因此，纪实摄影不同于其他摄影，它是具有时代精神、民族特征和个人风格的作品。纪实摄影的时代精神是非常明显的，它不注重现实生活中的个别或偶然现象，而是反映事实的本质和人们普遍关心的问题，并通过照片内容的深度和力度提出问题，说明问题。对于任何一位摄影家来说，民族的特征、民族的文化、民族的精神都会起着潜移默化的作用，因此某些作品必然带有本民族的烙印。纪实摄影的时代精神和民族特征，最终是通过纪实摄影家本人的作品体现出来。因此不同的个体，对同一事物在认识方面、社会责任性方面都存在差异，这种差异也就形成了个人风格，久而久之，纪实摄影家渐渐地培养了自己纪实创作的个性，这种个性在本人的作品中不断得以发展，并逐渐形成了自己的摄影风格。只有具备民族特征、时代精神的纪实摄影作品才能广为流传。

四．新闻纪实的特征

《中国新闻实用大辞典》对新闻图片的阐释是："以图片的直观形象和简要文字说明结合起来报道新闻、传播信息的一种新闻报道形式。"这个阐释表明，"新闻"与"信息"是图片的"内核"，图片只是承载"新闻"和"信息"的"外壳"。如果图片里没有"新闻含量"，仅剩图片这种"外壳"，图片也就失去了意义。新闻摄影主要依靠抓拍完成，其宗旨是说明事件、传播消息、引发影响等。此外，新闻摄影一般都附有简短的文字说明，用以介绍事件发生的背景和过程等。

摄影作品的要素是五个 W：何时（When）、何事（What）、何地（Where）、为何（Why）、何人（Who），有的还要加上一个 H 如何（How）。一张新闻照片应当尽量表达这些内容，使照片与文字相结合，让读者尽可能一眼就能从照片上看出所要报道的事件。

新闻摄影属于纪实摄影的一个类别。一幅照片通过大众传媒能够成为所谓的"新闻摄影"，它必定具有一定的重要性，会产生一定的社会影响。纪实摄影与新闻摄影的共同点是两者都立足于摄影的纪实特征，但纪实摄影与新闻摄影也有差异，新闻摄影强调某个特定瞬间，有强烈的时效性，注重具有新闻价值的材料，它的任务是向人们传播有新闻价值的图像；纪实摄影强调某个时间段，侧重于直接和客观地表现社会生活，揭示社会生活的本质，它的任务在于反映社会现实，具有社会价值和历史价值。此外，新闻摄影与文学、舞美、绘画等艺术表现形式也有不同，新闻摄影是纪实的，只能对正在发生着的新闻事实进行形象纪实，而后者则可以通过想象、虚构、创意等多种手段来塑造对象。新闻摄影也区别于商业广告摄影。新闻摄影拍摄的对象是新闻人物或事件，它们始终是新闻的主体，摄影者应按事实的本来面貌去进行现场实录，不允许人为摆布与造假。《大庆晚报》的一位摄影记者在2006年发表的《青藏铁路为野生动物开辟生命通道》一稿被全国多家媒体转载，作为青藏铁路与可可西里野生藏羚羊和谐相处的重要见证，这张照片荣获了"2006CCTV年度新闻图片铜奖"，然而事后经查证核实，此照片竟为合成图片。该摄影记者在事后接受媒体采访时承认照片确为后期合成，他表示，画面中羚羊照片、火车照片的确不是同一时刻拍摄，而仅是在同一地点拍摄，为了追求"更有感染力"的画面，才合成在一起的。由于在新闻图片的表现上违背了新闻记者的操守和职业道德，没有实拍而是运用技术手段处理新闻图片，该摄影记者退回了在中央电视台获得的奖杯和证书，报社也给予了解聘处理，并取消了所获的荣誉称号。由此可见，新闻摄影是容不得半点虚假的，新闻的生命来源于它的真实。

第二节 人像摄影

一．影室人像摄影

这是在摄影棚里用一套影室摄影灯作照明和造型来进行的人像摄影。

（一）器材设备

1．灯具

这套影室摄影灯目前有影室专用闪光灯和标准色温的摄影长亮灯两种，但是不管哪种组合的配置在拍摄时基本上都是由主灯、副灯、发灯

（装饰灯）、背景灯组成照明和造型体系（图5.10）。

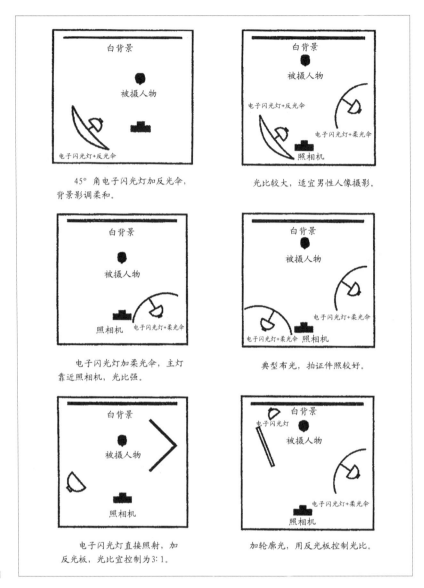

图5.10　影室灯位图

2．背景

影室人像的摄影背景一般有四种，一是采用较为纯净的单色的背景布，如进行黑白摄影通常是用黑、白、灰三种颜色的背景布；二是采用绘画的背景布；三是采用人工布置的道具假景作为背景；四是采用现代高科技多媒体影像来作为背景。

（二）表现形式

这种人像摄影的形式可分为两种，人像证件照和人像艺术照。

1．人像证件照

无论国内还是国外对于这种证件照都是要求正面的构图，能完整地看到人物两耳对称的面容，不过这千篇一律的对称式结构，总让人感觉画面呆板。其实我们完全可以对其实行改革，使画面变得活泼，人像也生动起来。具体操作的方法是让被摄人物用身体的斜侧面先朝着镜头，然后再回转头让面部正对镜头，这样就使得在平面构成的照片上形成了以鼻梁为中轴线垂直向下，而到了颈下则顺着衣襟成了斜向的有变化的线形结构了。这样的画面跟原先的相比就打破了本来从上到下一条直线的、千人一面的呆板的人像证件照形式了。

　　2．人像艺术照

　　这类照片注重艺术造型，强调人物的姿势，尤其是对人物神态的刻画。影调是由光线形成的景物明暗的光比结构形式，是人像艺术照的重要艺术表现特征，分为高调、中间调、低调三种。就艺术人像而言，一般主灯与副灯的光比控制在1:0.5~1:1之间的为高调人像，1:2.5~1:3为中间调人像，1:4~1:6为低调人像（图5.11）。

　　对于特殊脸型的人物则应当采用不同的拍摄方法，我们要根据脸型特征，运用不同的脸部体位和光线造型来弥补其缺陷，最终使之得以呈现出完美的形象。最常见的特殊脸型及处理方式有以下两种：

　　过于消瘦脸型者，对于这种脸型可采用两种方式，一是当采用稍为正面的体位时应该运用顺光造型，让其左右两侧的光照要强些；二是当采用斜面的体位时运用稍强的副光来造型，这样可以使脸型略为显得丰满一些。

　　过于肥胖脸型者，至于这类型也有两种处理方法，一是采用斜面的体位，运用前侧光造型（但要注意的是照相机镜头所能看到的脸面较大部分应对着副光位）；二是采用稍为正面的体位，然后用顺光作主光再在其两边配以稍弱的副光，使其左右两侧脸部的光照稍暗一点，这样可以使脸型略为显得舒适一些。

高调人像

中间调人像

低调人像

图5.11　几种常见影调人像摄影的效果

二．现场人像摄影

　　这是指在室内或是室外的现场环境中所进行的人像摄影，室内环境人像是利用室内的环境作为前景和背景，在普通照明的灯光或是室内自然光照的条件下进行人像的拍摄；室外环境人像则完全在室外的环境中，利用自然光进行的人像摄影。

（一）用光与造型技术

1．根据年龄特征运用不同的光线

　　对于儿童宜用正面光造型，并且在曝光时略过1~2级使照片呈高调，表现出儿童天真活泼的稚气。

　　对于青年或中年宜用前侧光造型，这样有明暗自然过渡、特别是具备伦勃朗的光效，也能使平面构成的人像照片产生立体的视觉感和层次感。

　　对于老人宜用侧逆光造型，这样能在较深的背景中呈低调，同时能很好地刻画老人特别是长者那刚毅、持重、深沉的性格特征。

2．根据年龄特征运用不同的光质

图5.12　儿童照

图5.13　青年照

图5.14　老人照

儿童、少女以及年轻的女性宜用较柔和的软光造型，这对表现她们那种特别柔嫩、光滑、细腻的肌肤特征恰到好处（图5.12）。

青年或中年宜用一般性的软光造型，这样有利于表现他们中性的肤质以及性格的特征（图5.13）。

老人宜用硬光造型，利用光质的刚性和强反差来表现其刚强的毅力和气质（图5.14）。

（二）构图与造型技术

1. 运用景别刻画神态和姿势

表现神态宜用特写或者近景。所谓人的神态也就是人的情感，主要体现在人脸部的眼神和嘴姿上（图5.15）。

| 呆板 | 奸诈 | 狡猾 | 喜悦 |

图5.15　眼神和嘴姿线描示意图

表现姿势宜用中景或者全景。由于人的行为动作之95%都是由手来进行的，因此建议在拍摄的时候，尽可能多用中景而少用全景去拍，这样既可以体现人物的基本姿态，又能较好地表现人物的神态。倘若采用全景拍摄一张"听课"或者"阅读"照片的话，那样会把与人物动作无关的十只脚即人脚、凳脚和桌脚一起摄入画面，纷繁杂乱且影响主题的表现力。

2. 运用透视美化人物的形象

对于脚短或是尖下巴者，可用小仰视角度来拍摄；

对于上身短小或是小额大脸者，宜用小俯视角度来拍摄；

对于两眼一大一小者，宜用斜侧面使小眼睛在前、大眼睛在后来拍摄。

3. 创造各种造型姿势美化形象意境

抬头斜侧面，眼睛稍视前上方——寓意想往。这样的照片多见于男性，表现高昂、远瞻的阳刚气质（图5.16）。

低头斜侧面，眼睛稍视前下方——形象含羞。这样的照片多见于女性，展现的是腼腆、内秀的东方女性的典型形象（图5.17）。

眼睛端视前方——形似凝视、专注。这样的照片表现一种严肃和庄重的神态。

三．自然光人像摄影

室外自然光人像摄影，不像影室灯光人像能用多灯照明来造型，它

彩图4.19　地平线走势　潘锋　摄

彩图4.23　运用色彩与景物平衡画面　潘锋　摄

彩图5.18 《曦阳》人景合一 潘锋 摄

彩图5.23 《阳光下》 罗勇 摄

图5.16　潘锋　摄　　　　　　　　　　　　　　　　　　　　　　　　　　　　　　　　　　图5.17　义昌　摄

只有一个太阳（"单灯"）照明的造型。因此对于造型的光线就不能如同影室那样随心所欲了，如何处理好太阳光线的光位和光比是进行室外自然光人像摄影必须掌握的造型技术。

（一）光位的选择

人物摄影应根据被摄对象的年龄、个性、气质的不同而采用不同的光位。例如拍摄儿童照片，强调反映他们天真、活泼和稚气，所以应采用明朗的正面光；拍摄长者、老人，需着重刻画的是他们人生的阅历和刚强的意志，要采用侧逆光；为数众多的中青年人物，则要用前侧光位置。所以，人像摄影的光位不是定向不变的，就人的性格特征而言，光位是随着人的年龄变化而变化的，年龄由小到大，光位也就由前向后随之过渡。

（二）光比的选择

摄影曝光受到各种感光材料曝光宽容度的制约。拍摄的时候当现场光线的光比大于感光材料的曝光宽容度的时候，那么照片上的形象就会缺少层次，所以一般来说，中午前后通常是不大被用来拍摄人像照片的，因为这时的光照太强，人物脸部的亮部和暗部光比过大而使影像的形象缺少层次，所以在上午日出后2～4小时和下午日落前2～4小时是进行室外自然光人像拍摄的较好时间。在这两段时间中，无论是太阳光的光比还是光质对人物摄影的曝光适合程度，都最能对人物的脸部明暗表现出丰富的层次和细部的质感。

（三）环境的选择

室外人像摄影有别于影室人像摄影还在于那作陪体的环境上。影室人像摄影一般不需要鲜明的环境，通常采用单一色泽的背景就可以了，而室外人像多以"人景合一"的审美形式来拍摄的（P84/彩图5.18）。

1. 环境的"取"与"舍"

我们说，自然界的景别不是纯正的。无论是自然中的山川、植被，还是人造的建筑，它们的存在都不是摄影者理想中的那样，为此摄影师必须对眼见的环境要有正确的判别、选择与控制能力。

对场景环境要有选择，要学会在杂乱无序的环境中去寻找与被摄人物相和谐的景别。拍摄时经常会碰到这样的情况，看到的景色很美，但人却无处安身，唯恐遮挡景的美、影响景的全，看看这边很艳，瞧瞧那边也很丽，结果反而是举棋不定、无从入手，或是想包罗万象而结果却喧宾夺主。在这种时候就应当尽力寻找与被摄人物能和谐共存的景别，那样拍出来的效果才完美，既全了景，也美了人。

在室外拍摄人像时并非一定要到大而全的名胜古迹去，许多不那么出名的小景也都有它独特的艺术美感，都能为室外人像摄影提供好的环境。如老宅古镇、小桥流水、石板小路、花草树木或枯树残壁等都是进行室外自然光人像摄影的佳境。

2. "人"与"环境"的比例

尽管室外人像摄影是"人景合一"的结构与形式，但依旧要以"人"为本，画面中的人始终要是主体，环境只是陪体，所以人在画面中的比例要适当，若是人的形象过小就会变成带人的风景照而非人物照了。

3. 地平线的位置

地平线不要居中，即上下五五开，这样会使画面显得呆板；

地平线应避免置于人物的腰部和头部位置上；

地平线尽可能不要与画面的上下边框平行，可多用斜线结构来活跃画面。

（四）特殊环境与光向的效果

人们常说顶光是拍摄人像照片的忌讳，顶光下的人物，首先前冲的是前额，鼻梁和两颧受到强光以至高光飞溢，易使影像中的人脸浮肿，所以通常不在正午前后的顶光下拍摄人像照片，似乎顶光是人像摄影的禁区。然而实践告诉我们，不分环境特征、不管拍摄内容的一概而论是片面的，其实顶光下人的前额、鼻梁、颧骨处之所以过亮，无非是人的脸面过于倾仰，如果被摄者的脸稍稍低下一点，那脸上的浮肿感就容易消失了。

此外，外景人像不一定都要拍成站立的形象，可以拍成低头看书阅报，或是俯首观景的姿势。这样手中的书报和水面由于接受顶光而反射到人物的脸上，还能对此起到补光的作用，头顶上的高光又起到了轮廓的装饰光效果。其实在特定的环境中，全身站立的人像也能在顶光下拍出效果极佳的好照片，如图5.19就是一例。正是顶光使人物身后的环境

（山体）变暗，这样反而不与主体人物抢眼球，此时的顶光又正照在朝天的石头上，成了一块天然的反光板，形成漫散射的光线照在人体上，使玉女的肤质得到了更好的展现。

四．人像造型的三要素

（一）眼神

眼睛，是人的情感中最传神的器官。常言道"眼睛是心灵的窗口"，它可以看到天地人间的一切；然而这眼睛对于所见到的一切之反映，又是通过它把喜怒哀乐的情感表现出来的，这就是人像摄影师所强调的"抓眼神"。

（二）嘴姿

嘴，在人的情感中是仅次于眼神的器官，嘴姿是眼神的附随。曾经有人拍摄了一张伟大的哲学家周谷城教授在演讲的照片，由于周老戴着一副深黑色的墨镜，所以完全是看不见眼神的，但是他努着嘴巴滔滔而论的形象，无不表现出哲学家的内才，仿佛让我们看到了他满腹经纶的哲理和思想正从他的口中喷薄而出。

（三）手势

手，它是一幅人像佳作造型中的第三个重要因素。手是人的肢体语言，人像照片如果少了它会让人感觉到这样的画面似乎过于安静而缺乏活力与生气。再者，手在照片中还另有一功用，当人物的脸部略有缺陷的时候，它还可以起到掩饰的作用。不过需要指出的是手靠脸部的时候千万不可用力，以防脸面变形。另外还要注意造型时不要使手背向着高光位的阳面，以防它与脸部的眼神与嘴姿抢夺观者的眼球，构图和造型时应让手背的斜侧面朝着照相机镜头的主光轴，这样能使手背的面积收缩到最小继而让手指呈现出最佳的造型和光影效果（图5.20）。

人像摄影贵在传神，美在造型，妙在意境。

眼是心灵的窗口（传情示意）——内涵的流露，嘴是交流的使者（信息发送）——才华的表露，手是行为的体现（动作表现）——肢体的语言。因此只有有机地组织好眼神、嘴姿、手势的布局，抓好三者的最佳瞬间，才能使人像照片形象自然生动，情景丰富愉悦。

图5.19　顶光人像

图5.20　带手势的人像

五．时尚人像摄影的设计与拍摄

（一）时尚摄影的起源

"时尚"这个词现今已是很流行了，英文fashion频繁出现在媒体上。时尚是一种时髦和前卫，这些时尚的东西起初是由少数人把玩的，而后被社会大众所接受、崇尚并仿效流行才成了时尚。它是一种美的展示，是闪耀的流行，是紧贴时代的感觉，这样的生活样式，正成为民众生活的组成部分，涉及到衣着打扮、饮食、行为、居住，甚至情感表达与思考方式等方方面面。总之，时尚是个包罗万象的概念，它的触角甚广，而人类对时尚的追求也促进了人类生活得更加美好，无论是精神的还是物质的。

1892年出现于美国的、主要针对都市女性的《VOGUE》周刊，最初只是作为一种时装刊物，而今它已从一个小小的周刊发展为21世纪最具影响力的时尚杂志。同样现在充斥着读者眼球的还有1921年在法国巴黎创刊的《L'OFFICIEL》、1937年创刊于法国的《Marie Claire》、1945年诞生于法国的《ELLE》……这些杂志对于图片的需求培养和举荐了大量的时尚人才，包括知名的设计师、模特、摄影师和编辑等等。

《VOGUE》的英国摄影师文森特·皮特斯（Vincent Peters）曾经说过："时尚摄影就是要把品牌转变成一种观念……摄影师的工作就是要成功地进行转变，将品牌融入到人们熟悉的影像作品中，摄影师的工作对品牌的塑造有深远的影响。"如此这般的表白就是为了告诉人们，将时尚的元素运用到摄影之中就是时尚拍摄。纵观当今媒体所传播的信息，我们可以发现这些被称为时尚摄影的拍摄大多用于广告、杂志、样本的商业图片中，它的表现方式近来也渗透到写真集和婚纱摄影中，成为年轻一代所追逐的生活样式。

在这些照片中我们可以看到，摄影师依靠美女、惊悚、离奇、欲望、颓废、另类、性等元素的穿插，将所设计的场景同欲表现的观念相结合，创造出了一幅幅极具冲击力的时尚人像图片。

法国著名摄影师盖·布丁（Guy Bourdin，1928—1991）（图5.21）被认为是20世纪视觉文化领域最大胆、最有创新精神的艺术家之一。他出生于巴黎，毕业于一所私人学校，20岁开始进入摄影圈，从50年代中期到80年代他一直为法国的《VOGUE》工作了近30年，曾举办过十多个重要展览，62岁时逝于巴黎。盖·布丁的全部创作都和杂志密切相关，然而为了不使作品像杂志一样昙花一现，他试图通过自由的视觉力量尽可能延伸作品的生命力。那些留传下来的都是被时尚所过滤的、具有独特风格和视觉魅力的珍品，在这里时尚和观念无缝拼接，暧昧与诱惑渗透其中，在偶然中呈现出必然的结局。盖·布丁摄影作品的基本意义在于他自己对时尚的一种独特理解，即诱惑并吸引我们的不是时尚本身而是时尚的形象，让我们明白了我们被图片吸引多过被产品本身吸引。

盖·布丁的叙述这般有张力，而且他的照片也形成了鲜明的风格，不管在什么场合都可以一眼认出。这些特征包括异常饱和的色彩，或者是独特的明暗对比；包括极其精练的配置，或者是填满边缘、页面繁复；包括极其严谨的构成，但又不做作，像是出于自然的抓拍。盖·布丁凭借独特的审美目光，肆意"挥霍"着各种观念，使其他的摄影家们望尘莫及。在这些作品中你可以看到一个永不满足的摄影家的形象，他在不断地改变着自己的发展轨迹，甚至偶有出现矛盾的空间。在他去世十多年后，我们仍旧可以感受到他活在作品中，他推动了图像向边缘发展，超越了摄影的进程。

图5.21　盖·布丁　摄

英国人蒂姆·沃克 (Tim Walker，1970—) 是欧洲时尚摄影界的大明星，其作品可见于《VOGUE》、《W》、《Harper's Bazaar》等一线时尚杂志，以及 Comme des Garcons、Yohji Yamamoto、Barneys、Gap、Kate Spade、Juicy Couture 等大品牌的时装广告。他所拍摄的时装大片创造力非凡，以光影流动的摄影风格著称，喜欢大手笔的制作，对细节和光感都追求完美无缺，惯用空间变化和不同场景穿插的手法来凸显主题。

他的画面到处是明亮、温暖、古典、童真、魔幻的气息，故事常常发生在花园、桃树下、古城堡、原野、溪流边，以及展览室里，道具有玩偶、五彩的猫、白马和紫色的马、五颜六色的气球、花瓣、流星雨，以及一切繁复而华丽的小配饰，犹如神话般的梦境。

蒂姆·沃克苦心经营的影像世界是一个在现代都市里被遗忘了的美好的童话，做的是一种让时尚重归常态与无忧无虑的努力。手法唯美的蒂姆·沃克在他的影像世界里充满了让人惊叹的想象力，以及光影流动、空间更迭的无上美感。蒂姆·沃克让我们重新认识时尚的本质——美与善，这是时尚永恒的内涵（图5.22）。

图5.22 蒂姆·沃克 摄

（二）时尚摄影的拍摄

　　时尚摄影在拍摄时与其他门类的摄影一样，首先要确立主题。由于时尚具有时效性和多元化的特点，它既可以紧贴当今的流行趋势，也可以将远古的艺术元素加以应用。所以在拍摄时要针对所表现的主题作相应的变化，不但要使服饰环境合理搭配，而且要根据模特的气质特征来选择合理恰当的时尚元素。

　　另外在道具的使用上要与人物的服饰相配合，宜少勿滥；化妆造型上要与时尚同步发展，或惊艳或简洁；背景的选择上一般以单色为主，利于突出人物。在实景拍摄时可利用能与人物相映成趣的环境来表现时尚的风格与幽默的效果（P84/彩图5.23）。

　　在服装款式设计、色彩应用上要注意整体风格把握，将流行款式与色彩的发展趋势融入画面中。在人物造型和画面构成及用光方面既可运用传统的构图法则，也可应用大胆的表现手法。

　　当然随着数码技术的发展，更多的时尚摄影越来越依赖后期制作这一环节。因此，这就要求摄影师能做好时尚摄影的每个环节，最终才能向人们呈现出一幅幅美妙而时尚的画片（图5.24）。

图5.24 《土楼旁》 时新民 摄

第三节 广告摄影

广告就是向公众宣传和介绍产品和商品、文体节目以及社会公益活动的一种宣传方式，让公众对广告所宣传的内容发生兴趣，从而激发公众某种应激行为（如购买欲和观赏欲）的手段。

广告摄影是通过摄影手段以平面图像为表现方式的广告影像宣传。广告摄影作品具有形象逼真、生动的特征，加之现代化的摄影后期制作又能产生真实与魔幻相结合的美妙画面效果，这就丰富了广告摄影语言，使广告摄影作品产生了极大的视觉冲击力。广告摄影已被广泛运用于各种广告媒介，如报刊、电视、广告栏、广告灯箱、商品橱窗、产品目录、产品包装、网络等等。摄影中的公益广告给社会创建了良好的风尚，而商业广告也给厂家和商家创造了可观的利润。

一．广告摄影的目标与要点

（一）广告摄影的目标

广告摄影与艺术摄影虽然各自表现的意图不同，然而它们却是密切相关的，一幅精湛的广告照片往往也是优秀的摄影艺术作品。但是，广告摄影的基本出发点不同于艺术摄影，广告摄影的最终目的在于推销某种商品，引导人们去响应它那诱人的诱惑。所以成功的广告摄影作品不一定具有完美的艺术性和视觉愉悦感，但必须以生动的画面形象来达到推销或推广的目的。

（二）广告摄影的要点

广告照片首先应该具有极强的视觉效果，要能够吸引公众的目光，抓住公众的心理；

广告照片的表现必须能够将推销意图明确传达给公众；

广告照片要使公众产生某种相关的行为（包括购买你所推销的产品以及参加商业性娱乐文体活动等）；

成功的广告摄影照一定要能够让观众从照片上看到所推销的对象与其他同行或者同类产品的主要不同点，最好是它的特性和优势。

（三）广告摄影的形式

拍摄时直接承接广告理念，对于如何表现拍摄艺术以及技术上的要求，完全由摄影者独立创意完成。

有时则是由美工人员画出草图，让摄影者按照草图进行拍摄。

相比之下，前者对摄影者的综合素质要求更高，不仅要求摄影者具有一定的摄影技巧，而且还要具备能站在以推销为目的的角度进行摄影构思，也要有创作的能力。

（四）前期的准备工作

首先要了解广告产品的特征、用途、功能与优势，以便确定对它拍摄的表现力度。

根据广告作品的最终投放形式拟就草图，确定照片长宽比例以及画面结构，为后期的图文与总体设计打好基础。

广告摄影的构思还应考虑广告画面情节的安排，如主体与陪体、人物与道具、前景和背景、色彩与影调等的选择与安排。画面情节要求具有感染力、可信度和说服力。

二. 广告摄影的器材与设备

广告摄影因拍摄产品和目的的不同，对摄影器材的要求也会有所不同，以下分别对广告摄影中常用的相机、镜头、感光片、灯光以及常用的设备与附件作简要介绍。

（一）相机与镜头

因为广告照片要求极高的清晰度、强烈的质感、丰富的层次影调和细腻的颗粒等，所以用于广告摄影的照相机一般以大画幅相机为好。技术相机的镜头上通常都带有快门装置，只要在相机上添加相应的镜头接圈，各种技术相机的镜头基本上可以通用。镜头一般有广角、标准、长焦三种镜头。

（二）光源与附件

自然光和人造光在广告摄影中均普遍应用。由于广告摄影非常注重用光效果，故灵活、方便、易于控制的人造光在广告摄影中的使用更加广泛。

现在常用的人造光主要有三基色荧光灯和影室闪光灯两大类。三基色荧光灯属于常亮灯，布光后在拍摄之前的观察效果要比影室闪光灯上的造型灯更加清楚和直观。

在拍摄过程中，为满足布光需要应有效控制光质与光向，以达到理想的拍摄效果，合理利用光源附件非常有用。常用的附件有反光罩、挡光板、反光板、柔光屏、蜂窝罩、锥形筒等。

（三）拍摄台

拍摄台是广告摄影的常用设备。一般摄影台的台面与背景整体呈弧度相连，没有界线，此弧度可根据需要随意调节它的半径曲率。这样既不会在画面上产生背景与底板的分界线，又便于营造背景的整体效果或是渐变的效果。

三. 广告摄影的创意与手法

广告创意即广告表现，既要求得到广告主的认可，与广告主的整体文化和广告所要宣传的产品定位相一致，又要能符合消费者的需求心理。简单地说，广告创意要以广告物为本，面向消费者。现代广告摄影以创意为主导，好的创意可以使广告具有强烈的说服力、感染力和吸引力。

广告摄影的创意实际上就是广告摄影的表现手法与所要表现的内涵巧妙地结合在一起，它没固定的模式，可以奇思妙想，千变万化。以下仅对一些常用的表现手法作简单介绍：

（一）写实广告

写实广告是对广告商品的外观形象做"真实客观"的记录，展示其质感、线条和轮廓，让观众识得"庐山真面目"，呈现广告对象的自身价值与魅力，如图5.25、图5.26。

图5.25　厉新 摄　　　　图5.26　厉新 摄

（二）载体广告

载体广告表现手法不着重展示广告商品本身的外观质感，而是通过载体来传达广告商品的性能、优势、特质等。如广告中通常用美女作载体展示珠宝、化妆品等奢侈品，如P101/彩图5.27、图5.28。

图5.28　拍摄现场示意图　厉新 摄

（三）个性广告

在表现商品时，并不是对广告商品的整体与全貌进行再现，而是对其某一区别于其他同类产品的局部或细节进行突出表现，借以展示其独特个性，强化其优势和品质。

（四）夸张表现

夸张表现是通过新奇、独特的视角，适当合理地使用夸张表现手法，使广告产品更具视觉吸引力，如图5.29、图5.30。

图5.29 厉新 摄

图5.30 厉新 摄

（五）比喻手法

比喻手法是利用喻体与主体的关系来揭示并强调广告对象的信息，深化受众对广告对象的心理认知和认可，如图5.31、图5.32。

（六）联想广告

联想广告指让广告受众在欣赏广告时能够产生充分联想，从而在心理上产生拥有这种商品时的美妙感觉。

（七）情感广告

情感广告是使用富有情感内容的广告摄影画面来打动受众。

（八）幽默广告

幽默广告通过合理夸张，使用风趣的摄影语言，使受众轻松愉悦地

图5.31 厉新 摄

图5.32 拍摄现场示意图 厉新 摄

接受广告画面所传递的商品信息，如图5.33。

（九）系列广告

系列广告是在统一的主题或基调下，用多幅摄影画面生动地塑造一个完整的系列广告形象，使受众产生一种连续的时空感。

四．常见题材的布光与拍摄

（一）玻璃器皿

玻璃器皿（透明塑料制品）具有透光的特性和反光的特征，因此在拍摄的时候千万不能从物体的前面直接对它用光。

图5.33 厉新 摄

拍摄此类产品既可以深色为背景，使被摄体产生浅色轮廓线；也可以浅色为背景，让被摄体产生深色轮廓线。

1.采用深色背景时候可以使用以下几种用光方法

采用两边等距的散光进行侧逆光照射，注意背景最好距离被摄物稍远些。

让浅色背景产生局部深色效果。用一个光束较窄的光源射向浅色背景，调整光束使它在背景上形成亮光后再将其产生的反射光射向被摄体，此时由于被摄体正后方的背景不是大面积地受到光线的照射，因此就会使原本浅色的画面呈现出局部的深色效果。如图5.34在高脚酒杯的左右两半便产生了深浅两种色调。

2. 采用浅色背景时候可以使用以下几种用光方法

采用聚光灯射向浅色背景（不可直接照射到被摄体上），让背景上产生的反射光照亮物品。此时玻璃器皿的边缘对光发生折射，便会产生深色轮廓线。图5.35即为分别用灯光和自然光拍摄的玻璃制品（图5.36、图5.37）。

采用背光照射的方法，即把光线打在亚光的半透明的背面，使背景得到高亮度的效果，从而让玻璃器皿表现出透明的质感。

值得注意的是拍摄前一定要清洁被摄物，避免手指印和灰尘的污染而影响被摄物的拍摄效果。

图5.34 厉新 摄

图5.35 厉新 摄

图5.36 拍摄现场示意图 厉新 摄

图5.37 拍摄现场示意图 厉新 摄

（二）陶瓷制品

拍摄光滑的釉陶和瓷器以及半透明的塑料制品时，为避免光线产生的反光点，一般不宜采用硬光照明。同时，为避免产生杂乱的投影，布光的灯位也不宜过多。

采用单灯照明时，一般宜用柔和的散射光射向被摄物，可用柔光罩或者在照明灯前方约10cm处放置一张半透明白纸使光线变得柔和。当然也可以让光源照在反光板上，而后再反射到器物上，如图5.38、图5.39。

图5.38　厉新 摄

图5.39　拍摄现场示意图　厉新 摄

采用两只灯照明时，一般宜拍摄半透明的塑料制品。此时在适当光比的前提下，可将正面光与逆光或侧逆光相结合。为了让被摄物体现较强的立体感和质感，应该要注意适度光比配置，尽量避免各种光线的照度相等。

（三）金属制品

金属制品的表面因形态不同，故拍摄时对用光也有着不同的要求。

拍摄无光泽的金属制品时，可采用聚光灯直接做主光照明，同时用反光板或散光灯作辅光来调节由主光产生的阴影。

拍摄有光泽、明亮的金属制品时，要使用白色反光板或大面积光屏产生的间接性的散射光为主要照明，如P101/彩图5.40，同时用一只小功率聚光灯直接照射被摄体，以突出表现金属表面的"高光"部质感。

拍摄体积和形状复杂的金属制品时，可采用"亮盒照明"，做一个圆形的亚光拍摄圈，在圈外用柔光照明，再在圆圈上开一个小洞，让照相机的镜头伸进去，以免被摄物体上产生其他反射的影子。

（四）首饰

拍摄首饰一般有两种方法，一是戴在模特儿身上拍摄，二是单独放置在摄台上拍摄。

拍摄戴在模特儿身上的首饰时，拍摄者应该注重运用摄影技术手段来突出首饰，如合理的明暗对比、适当的虚实对比等等，使受众在欣赏广告照片时，能将注意力集中到精美的首饰上而不是集中在模特儿的美貌上，如图5.41、图5.42。

把首饰单独放置在拍摄台上拍摄时，背景可采用反光较强的金属物，使环境光折射在背景上，让首饰产生奇幻炫目的效果，如图5.43、图5.44。

将首饰置于绸缎或丝绒上拍摄，既有利于突出首饰的形状与立体感，也可利用背景与主体鲜明的色彩及质感对比突出首饰的奢华与高贵。

运用单向照射的光导纤维灯，只对钻石的某一个棱角受光后反光，或是加用茫光镜使其闪闪发光而起到特殊的效果。

图5.41 厉新 摄　　　　　　　　图5.42 拍摄现场示意图 厉新 摄

愛
我們柔柔相纏
你中有我 我中有你
深深地依偎
愛……

纏

图5.43　厉新　摄

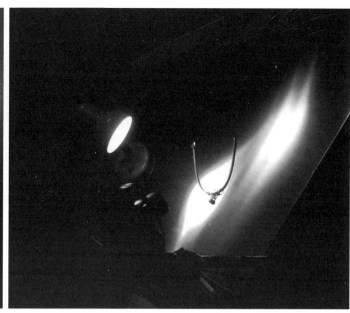

图5.44　拍摄现场示意图　厉新　摄

（五）时装

拍摄时装时，摄影者的首要任务是一定要抓住你所拍摄的这套服装最能吸引顾客的特点和优势，使观众欣赏时装照片时便产生购买欲望。

拍摄时也要对模特儿的选择进行定位，一定要注意所选用的模特儿是否适宜所要拍摄的时装风格；模特儿的气质、年龄、体型是否与时装协调。

在拍摄前，对模特儿的化妆和发式造型与服装的组合考察极为重要。用作广告的时装照片应该能准确、逼真地再现时装面料的纹理、质感、图案和色泽，如图5.45、图5.46、图5.47。

在广告摄影中设想（构思）先于拍摄，构思又有内容上的构思和形式上的构思两个层面。特别是在表现形式上，如何在广告摄影中基本完成设想中所要求的画面，以达到形式与内容的统一是广告摄影的关键。

图5.45　厉新　摄

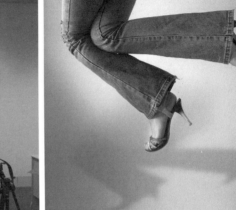

图5.46 拍摄现场示意图 厉新 摄　　　　图5.47 厉新 摄

五. 广告摄影中的造型语言

造型语言是实现广告摄影创意的重要内容，即通过控制线条、影调、色彩等造型语言来满足广告的诉求。广告摄影的创意语言主要分为以下几种：

（一）线条控制

在照片中，线条有时是被摄物体在光的作用下所形成的轮廓线，有时是不同影调之间的界线以及连续不同色块构成的线型，有时又是在心理作用下形成的视线。线条在广告摄影中的作用是表现广告形象特征、划分不同物体之间的边界、刻画物体内外部结构，它是画面整体造型的骨架。

线条控制首先是要提炼线条。线条有曲、直、长、短、粗、细、水平、垂直等不同形态，产品的造型正是由这些不同形态的线条组合而成的。我们可以通过布光，选择适当的拍摄角度，安排相应的背景和运用不同焦距的镜头等手段和途径来获取线条，并将这些从产品外部形态中提炼出的最能体现产品特征的线条在照片上一一显现出来。当然，提炼的过程同时也包括隐藏不必要的线条。洗发水广告《发随我动》，头发的线条在画面中占了主要的比例，它及模特的视线都恰到好处地指向了广告所要表现的产品，照片用清新简洁的画面表现出模特使用此款洗发水后愉悦怡人的心理感受，如P102/彩图5.48、图5.49。

线条控制关系到画面的表现力。一幅广告照片，一般应着重突出一根或一组线条作为主线，并按照一定的结构形状（如三角形结构、水平线结构、垂直线结构、对角线结构）来安排画面。线条结构不同，给人的视觉感受就会有所不同，如竖线表现高大、挺拔、向上；横线表现稳定、开阔、舒展；斜线表现活泼、动荡；曲线表现优雅、流畅等等，这些视觉感受都来源于我们的生活。控制好各种不同的线条结构，是广告

彩图5.27　厉新　摄

彩图5.40　厉新　摄

彩图5.48 厉新 摄

彩图5.51 厉新 摄

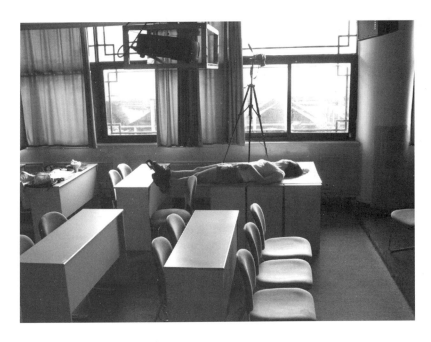

图5.49 拍摄现场示意图 厉新 摄

摄影创意的一个重要环节。

线条有时不一定仅仅是清晰、明确的线条，也可以是影调、色彩的对比，主体与陪体的动态及形态都可以产生线条的情感，所以控制线条的同时也同样在控制着影调、色彩、画面布局以及主体和陪体的姿态。如图5.50的不锈钢餐具广告《钢的本色》，光线在餐具边缘产生折射所勾勒出的明亮线条衬在暗色的背景前，透明又富有质感的黄色柠檬片处在画面中央形成色彩与影调的视觉对比，这一切使得照片极为生动且层次丰富。左下角的对话式文字说明轻松活泼地表现出了不锈钢餐具的优良品质特性。

控制线条的透视，如线条的前后位置、线条的粗细、线条的去向等等，这些都可以表现物体的三维空间，强化景物在视觉上的立体感和空间感。

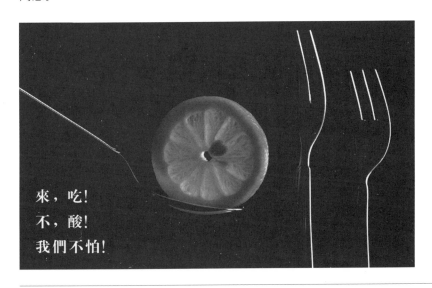

來，吃！
不，酸！
我們不怕！

图5.50 厉新 摄

图5.52 拍摄现场示意图 厉新 摄

图5.53 厉新 摄

（二）影调控制

影调是指黑白照片上所呈现的明暗层次，即黑、白、灰三种色界。它的产生源于物体表面因受光而形成的不同亮度或曝光时的不同控制，其中黑与白的不同配比形成不同的灰色影调，包括深灰、中灰、浅灰等多种层次。在广告摄影中，读者可以通过画面中黑、白、灰影调的不同分布和有机组合，感受到主体与陪体的关系以及被摄产品的形态、质感与立体感。

影调控制一般与线条控制结合起来共同完成突出主体的重要任务。对影调的有效控制，决定于摄影技术的准确把握和丰富的实践经验。香水广告《闻香》，深色的人物面部轮廓衬在明亮的光晕背景前，光线的折射使透明香水瓶边缘艳丽的中间调呈深色的线条，使之鲜明地突出在画面上，画面影调过渡层次很丰富，给人以一种柔和、温馨的感觉，如P102/彩图5.51、图5.52。

影调控制还担负着确定画面基调的任务。按基调的浓淡、阶调的明暗，画面可分为高调、低调和灰调，不同的基调给人不同的感受。高调，表现纯洁、轻松、舒畅、清新，是以浅灰、极浅灰和空白的影调占主要优势的画面。高调画面中，常以少量的暗调勾画主体形态轮廓，从而使暗色部分形成视觉中心。低调，表现厚重、庄严、神秘、稳定之感，是以深灰与黑色的影调占主要优势的画面。低调画面中，往往用少量的高调突出主体。灰调，又称中间调，层次常常变化多样，表现温柔、含蓄、朦胧、恬静和素雅，常用于表现物体的质感和空间感。另外还有硬调，由明暗两极影调构成，画面中通常没有灰调，它的特点是反差大。如图5.53《黑白之魅》，运用明衬暗、暗衬明的手法，反衬黑白两种色块与酒杯的轮廓线条，使画面中黑白两种色块和线条形成强烈的明暗对比。

同样，控制影调的近深远淡的透视关系也可以有效地营造和体现画面中景物三维空间的视觉感。

（三）色彩控制

通过日常生活的积累，对于不同色彩，我们产生了不同的感受，赋予了色彩一定的象征性。比如，通过对太阳、血液等的体验，我们对于红色的感受是温暖、热烈、积极、充满活力，同样是对生活的体验，红色又会产生危险、恐怖的感受。

广告摄影的色彩控制，在考虑到广告诉求和产品特性的同时，还应掌握不同国家、民族和地区以及不同性别、职业、年龄的消费者的文化背景和色彩倾向。人们对色彩的感受又与民族传统习惯、心理因素、生活环境以及政治、宗教、历史息息相关，比如，白色通常象征着纯洁，西方新娘就用白色作为婚纱，但在东方，白色却是致哀的标志。

不同产品领域有着它们所固有的色彩知识。比如，食品通常用暖色调，淡红色、橘黄色和适量的绿色都有增进人们食欲的作用。如图5.54《红》，整个画面基调为火热的红色，暖色调不仅使画面充满了喜悦、热情的气氛，同时也与首饰的固有色相吻合，同为红色，但统一中又有变化，这是色彩控制的关键，多样统一，同时又多而不乱。这张照片虽然采用了大面积的暖色调，但在小面积的黑色背景衬托下，主体仍很鲜明，在对比中求得了和谐。

图5.54 厉新 摄

（四）形态与质感

认识物体形态，首先是对物体边缘的认识，将物体从背景中剥离出来就是辨认物体轮廓的方法。在广告照片中，产品与背景的分离是靠线条、影调与色彩对比来表现的。

图5.55 厉新 摄

要通过表现质感来体现产品的质地和材料表面结构的性质，让读者产生身临其境直观产品的真实感受。表现物体的质感首先要控制好用光，同时也要控制好影调与色彩。如图5.55的钟表广告《永恒》，画面利用三角形的构图表现时间的稳定和永恒，且钟表放置在三角形的顶点，将观众的视线引导至广告的主体。画面整体线条简洁明晰，将钟表的稳定性能表现得淋漓尽致。磨砂肌理玻璃与钟表金属及光滑玻璃形成质感的对比，磨砂玻璃与钟表的表面结构不但纹理、质地不同，色彩也不同。

（五）特技摄制

采用特技来拍摄与制作照片是广告创意常用的技术手段。特技包括拍摄特技、"数字暗房"特技和非摄影的其他技术手段。

多次曝光是特技控制中比较常用的方法之一。第一次曝光是先对某一物品进行拍摄，再对另一物品进行第二次或者是第三次、第四次曝光，然后由经过多次曝光的影像形成一幅特殊效果的广告照片。

液体动感凝固的拍摄方法，也可以作为酒类、饮料等广告摄影的一种元素，如图5.56。

通过图像处理软件也可以合成制作照片，这就是运用集锦合成的方法来制作广告照片。在制作过程中，要求每张图片中景物的光线与投影的方向保持一致，透视与比例都要符合客观。

图5.56　厉新　摄

第四节　风光摄影

一．风光摄影的分类
（一）按照景观成因分类
1．自然风光

这是天地之间大自然天然形成的地质、地貌、植被、气象等景观，它们是：天上的日、月、星辰、云、雾、雨、雪、风、霜、雷电、冰雹等；地上的山脉、河湖、草原、森林、沙漠、沼泽等；海上的潮汐（图5.57）、波浪、珊瑚等地理景物（图5.58）。

图5.57　潮汐

图5.58 徽州春色 潘锋 摄

图5.59 长城 义昌 摄

2.建筑风光

这是一种人工建造的人文景观,它们由古典建筑风光和现代建筑风光构成。如以楼、台、亭、阁、塔、池、榭、桥、宫、殿、寺、院、庙、堂、庄等古典园林及长城、石窟、皇陵、古堡等历史遗迹为古典建筑和以高楼大厦、体育场馆、高架道路、桥梁隧道、纪念碑塔、城市雕塑等为现代建筑(图5.59、图5.60)。

图5.60 建筑

图5.61　用尼康D80 APS-C数字单反相机拍摄

（二）按照地理成因分类

1.从气候上分为热带风光、温带风光、寒带风光。

2.从季节上分为春季风光、夏季风光、秋季风光、冬季风光。

二．风光摄影的器材

相对来说，风光摄影对器材要求比较高，因此追求高品质风光照片的摄影者常常配备大画幅照相机或至少采用120画幅的照相机拍摄，以便后期用作大型广告输出或印刷挂历杂志等高档印刷品。对于希望在风光摄影中得到较高商业回报的摄影者而言，使用120片幅的照相机几乎是基本要求，如果使用数字照相机拍摄，也最好用120照相机数字后背或135全画幅数字单反照相机，以便后期获得较高输出质量。对于一般摄影者来说，使用普通的135胶卷照相机或APS-C规格的数字单镜头反光照相机也可拍摄风光照片。但在拍摄时更要注意构图严谨，后期避免剪裁修改等。如果在技术和艺术上保证质量，小型照相机拍摄的素材（图5.61、图5.62、图5.63、图5.64、图5.65）在一般杂志上刊登也不会有什么问题。

图5.62　用尼康D80 APS-C数字单反相机拍摄

图5.63 用"微单"数字相机拍摄

图5.64 用"微单"数字相机拍摄

图5.65 用"微单"数字相机拍摄

为了保证风光照片能作较大尺寸的输出，一般选择感光材料都以低感光度为首选，因为低感光度胶卷颗粒更加细腻，便于以高质量大画幅输出。如采用数字照相机拍摄，也常常需要选择低感光度拍摄，在低感光度条件下成像质量也比较好（图5.66、图5.67、P119/彩图5.68、P120/彩图5.69）。

拍摄风光也属于拍摄静物类题材，因此常常需采用小光圈保证长景深，再加上选择低感光度胶卷拍摄，还经常需要在光线较微弱条件下曝光，为了确保照片的清晰度，三脚架和快门线也是必不可少的器材。

图5.66　用低感光度拍摄，确保高质量成像

图5.67　用低感光度拍摄，确保高质量成像

摄影技艺基础教程

此外，由于出色的风光常常在偏远地区，在很多情况下需摄影者在没有电源的地方拍摄，因此照相机和其他器材的电源和备用电源一定要准备充足，尤其是数字照相机，当没有电源时几乎就是一堆废物，因此对硬件物资的保障也不可忽视。

未用偏光镜

使用偏光镜

图5.70　偏光镜通常被用来压低天空色调，使天空变得更蓝

（一）镜头

拍摄自然风光对镜头要求比较高，可以说是多多益善。但由于在拍摄过程中常常需要爬山涉水，因此要根据自己实际情况作出选择。从镜头的设计特点来说，有定焦镜头和变焦镜头的区别，如果交通工具方便，体力好而极端追求图像质量者，应该选择定焦镜头，最好选择畸变较小的非球面低色散镜头等。

一般摄影者可配备2～3个变焦镜头，一个为17～35mm的广角变焦镜头，主要拍摄大视野的远景等；一个为28～85mm的变焦镜头，主要拍摄一般的远景和中景；还有一个为80～200mm的中长变焦镜，以便拍摄距离较远的局部小品等。这三个镜头涵盖了广角到长焦的范围，拍摄一般风光就没有什么问题了。

此外有条件者还可备个增距镜或微距镜头，以便拍摄花卉、野草、小昆虫等题材，尤其是一些不常见的野花小草等，在特定条件下观察，往往很有特色也值得拍摄一番，此类照片如表现得当，也能得到很不错的画面。

（二）滤光镜

1.UV镜

又名紫外线滤光镜或叫"去雾镜"。使用它可以在水边或是晨雾之中，提高镜头对于景物特别是远处的景物的能见度，使用时不必作曝光补偿。

2.偏光镜

又名偏振镜。进行彩色摄影时使用它，可以在晴日里压低天空的色调，使之变得更蓝，使用时当镜头的主光轴与太阳呈90°效果最佳，但要增加1级曝光（图5.70）。

3.渐变灰镜

又称渐变密度镜，可以说是风光摄影中不可缺少的滤光镜。景物的反差太大时，由于光比太大就会损失层次（若按亮部曝光，会损失暗部层次；若按暗部曝光，会损失亮部层次）。如果运用渐变灰镜，把高密度的部分置于上面天空的高光部，而把透明的部分放在下面地面的低光部，这样是可以人为地缩小光比而取得亮部与暗部层次都较丰富的照片。

4.橙红滤镜

拍彩片时，可以在阴天、雨天用它，或是苍白的晴天，营造出一种模拟日出或是日落时的天色与气氛；拍黑白片时，又可以用它使浅白的天色呈深灰颜色，使用橙红滤镜拍摄时需增加2级曝光量。

5.橙黄滤镜

它的效果与橙红滤镜同类，只是拍彩片时色泽偏黄些，拍黑白片时

图5.71 使用星光镜拍摄的效果

天色呈中灰颜色，使用橙黄滤镜拍摄时需增加1级曝光量。

6．大红滤镜

这是一种主要专用于黑白摄影的滤光镜，它能使蓝天变黑，所以通常用于"日拍夜景"效果的照片，拍摄时需要增加3级曝光量。

7．星光镜

又名芒光镜，用它可使摄入画面的点光源（日光、星光、水的波光）产生光芒四射的效果（图5.71），由于它是无色透明的，因此无需曝光补偿。

（三）其他附件

1．遮光罩

这也是必不可少的，由于风光摄影大部分采用逆光位拍摄，因此防止冲光就得配备遮光罩，并一定要注意它与使用时的镜头与实际焦距的匹配性，以防画面四周产生暗角的现象，尤其是在用广角和超广角端，即使是花瓣状遮光罩，也必须注意它的大小花瓣对应画框的方向性。

2．小方镜

它有两个用途：一是对处在逆光下的景物中的某个细小的暗部做补光用，尤其是作微距摄影时效果比较明显；二是做人造倒影用，拍摄时将镜子置于镜头下方观察，可模拟产生倒影效果，能为普通画面增色不少。

3．其他用品

比如指南针，可以帮助确定方向，需要拍摄日出日落时能够预先观察角度，对勘探场景有好处。还可备一个用针头穿孔的饮用水瓶盖，当拍摄花卉照片时，将此瓶盖换到自己饮用的矿泉水瓶上，可以将细小的水珠喷洒在花瓣和叶子上以增加生动性。

三．风光前景的表现

风光摄影非常注重前景的运用，前景能增加摄影画面的美感，更能体现画面中景物的层次感和景别的空间感，从而对摄影作品的画面形式起到画龙点睛的作用。

（一）前景的作用

前景在画面中是烘托主体而做陪体的，它常如同语言文学中的状语，反映时间、地点、环境、气氛，起到引导视线，突出主体的作用（图5.72）。

前景能增加摄影画面中景物的纵深感和空间感，例如在画面下方的前景，往往能将视线引入水平间距，产生深度感；又如在画面上方的前景，则又能给人以垂直间距，产生高度感。

前景的形体、色调及其明度，经常能调节画面中主体的表现力度。例如前景为形体较小的牛羊能反衬广阔的山地和原野之大；前面为布满画面的绿色垂柳，后面是红伞下的一对情侣轻舟荡漾在碧波湖光中，具有"万绿丛中一点红"的意境。

图5.72　处于闹市区的上海静安寺，正门前车水马龙，城市的喧嚣与寺庙宁静的氛围格格不入。作者巧妙地以马路对面一直径仅为1.5米的花坛为前景，经广角镜头对这一前景的夸张，有效烘托了静安寺庙这一主体，甚至将原本闹市中心的寺庙表现出几许乡间田园气息

（二）前景的运用

前景的地位必须从属于陪体，千万不能抢了主体的风头，喧宾夺主，所以前景在画面中的位置，通常都放在框架的四周，即上方或下方、左方或右方。

前景的色彩不要"太跳"，以免冲了主体；前景最忌讳淡的色调，因为人的眼睛最易受浅淡和跳跃的色彩刺激而吸引，这样就会冲淡和分散了人们对主体景物的视觉感受，也就破坏了对主题的表现力度。

前景通常是由处于主体前面的景物组成。但是我们也可以用主体后面的景物（实际上是后景）来作为前景，用以表现主体的纵深感和空间感。

四．风光摄影的基调

夏天绿色的草原，冬天白色的冰雪，这些都是冷色调；金秋的银杏和红枫，这些都是暖色调。

风光摄影应该有个基调，这个基调可随着季节、气候与时辰而选择，比如夏天可多用些冷色调去构成，这样会在酷暑中给人以凉爽的感受；冬天呢，可多用些暖色调来构成，这样又会在严寒中给人以温暖的感觉。例如在晴日里清晨和黄昏的低色温，会使画面呈现出暖色调；而在阴雨和冰雪天中却是色温偏高而呈冷色调。

阴雨天虽是高色温，但也可以借用滤光镜，使用琥珀色的降色温的雷登片或是橙红或是橙黄色的滤镜来改变它的色温，使照片的画面呈暖色调。

五．风光摄影的色温

色温在物理学上是指黑色的物体受热后，随温度变化后产生辐射时光谱中色彩的含量。摄影上所指的色温是，光源中含红色与蓝色光谱成分的多少。光谱中含红色成分多为低色温，含蓝色成分多为高色温。

日光受到大气环流及太阳对地面照射高度角变化，光线就会呈现不同的色温。阴沉天色温偏青、蓝色调；晴朗的晨昏色温就偏红、黄色调（图5.73）。

自然光的色温为：蔚蓝的晴空是19000～25000K，少云的天空是

图5.73　长城　潘锋　摄

13000K，多云的天空是7500～8400K，薄云遮日的天空是6400～6900K；正午前后的天空是5400K，日出后或日落前15分钟约1850～2100K，日出后或日落前1小时约3200～3500K。

图5.74 义昌 摄

拍摄时的光线色温直接影响着被摄景物的色别、色相和色饱和度。为此人们根据色温把普遍适合于室外自然光摄影的胶卷做成5600K，即为日光型胶片。这样在上午9点到下午4点的大部分时间内，拍摄的景物基本上都能得到相对正确（接近真实）的色彩还原。

正确的色彩还原是先导，但又绝非固守的法规，有时我们还经常运用拍摄时的光线色温变化，或是非正常地使用雷登片，故意来校偏色温，而使照片获得出其不意的色彩效果。

六．特殊景色的拍摄

俗话说："月有阴晴圆缺"、"天有不测风云"，季节和地域以及气象之变，给光线的强弱与景物的色彩、反差带来了许多变化因素。

（一）云景的拍摄

云是风光摄影中的一个重要的拍摄对象，天上的云彩瞬息万变，形不可测。要拍好它，也非易事。用黑白片拍云景必须加用滤色镜片拍摄。例如要突出白云，需加中黄滤色镜；强调云的层次可加用橙黄滤色镜；体现云的气势可加用红色滤色镜。进行彩色摄影，晴天可加用偏振镜来强化云彩。作为风光摄影，其实光量应根据每个人对摄影艺术要素的构成之偏爱而定，有的人喜欢影像浅淡的、影调密度较小的；有的人喜欢影像浓重的、影调密度较大的，可谓青菜萝卜各有所好。因此云景照片的曝光，可以多一点，也可以少一点，这正如摄影家弗兰克·惠特尼斯所说的："当你拍摄天空时，根本就没有'正确'曝光这回事，曝光不足和曝光过度的影像，都同样美妙。"（图5.74、图5.75）。

图5.75 实际拍摄中，单独表现云景的情况并不常见，云景通常作为画面景物的一个主要组成部分。在摄影时要耐心等待云彩变化达到理想的形状，并与地面景物组成和谐美妙的构图

图5.76 飘渺的气雾中时隐时现的山峦和村落，朦朦胧胧如梦幻一般

（二）雾景的拍摄

雾，给人们的生活带来诸多不便，但是却为摄影提供了无限丰富的创作空间。雾天里使人如入仙境，我们眼望着飘渺的气雾中时隐时现的山峦和村落，朦朦胧胧如梦幻一般（图5.76）。

拍摄雾景需要用深色物体做前景，来表现由近到远的景别深度，以及影调的变化。不见阳光的雾天给人感觉光线不是很亮，但雾对光的反射能力很强，所以拍摄时应根据测光读数略增加0.5级曝光。再则要注意的是拍摄雾天的山岳风光时，雾气绝不能遮挡掉山头峰顶，薄雾绕山腰、峰首露真貌才是按下快门的最佳瞬间。

（三）雨景的拍摄

这是拍摄水景风光的好时间，如春雨洒落的庭院风光画、阵雨淋漓的碧海满银珠、秋漪绵绵的残荷戏水图。

由于雨天空气湿度大，光线平淡，反差很小，所以尽量寻找一些深色调的景物，以增加画面的影调反差。同时可用"少曝光，多冲洗"的方法，来提高画面的景物反差。要表现雨丝的线条，那就得用较慢的曝光时间来拍摄，使间隔的雨滴连成线条。

夏天阵雨过后的晴天碧空如洗，空气纯净透彻，紫外光线的干扰最小，这是拍摄自然风光的最佳时机，此时的能见度极好，影像的色彩、明度和色饱和度都最好。

雨后竹子的叶片上、松树的针尖上，挂满了颗颗润似珍珠般的水滴，在逆光下闪闪发光，此时可用200mm的长焦距镜头，将像距调到最大虚焦点时，水珠就会像颗颗七彩的珍珠一般出神入化，这就是上面提到的"碧海满银珠"。

（四）雪景的拍摄

大雪过后，原野一片洁白，群山银装素裹，无论是大雪纷飞还是大地披银，都是风光摄影的绝妙素材。

由于天空中的紫蓝光线以及大雪的反射，下雪时的色温严重偏高，所以彩色摄影拍摄的雪景照片往往色彩偏青、偏蓝，这时可用紫外线滤色镜（UV镜）或是天光镜来加以减弱或消除。但雨过天晴时，处在阳光下的雪景会呈偏红、偏黄的暖色调；而处在阴影中的雪景会呈偏蓝、偏青的冷色调，从而形成一种对比色调共存的丽景。雪景照片最忌顺光位拍摄，逆光位才是最佳的拍摄光线，此时它可以使起伏的地面表现出丰富的层次和质感（图5.77、图5.78）。雪的质感取决于光位和曝光量，正确曝光才能获得好的质感，曝光过度的雪景白茫茫的一片，曝光不足又会一片死灰。

图5.77

图5.78　姜培庆　摄
雪景照片最忌顺光位拍摄，逆光位才是最佳的拍摄光线，此时它可以使起伏的地面表现出丰富的层次和质感

第五节 体育摄影

　　在所有摄影项目中，体育摄影最具挑战性，也可以说是难度最大的拍摄题材之一。体育活动本身竞争性极强，拍摄时机稍纵即逝，特别讲究抓瞬间，对摄影者的要求相当高。体育摄影的目的就是把运动中的激动人心的精彩瞬间凝聚在平面照片上，体育摄影作品虽然是静止无声的画面，但它却可带给人们紧张激烈的竞赛气氛和惊险优美的瞬间（图5.79、图5.80、图5.81、图5.82），体育摄影和体育运动一样，是力量与美学的结晶，因此能给人独特的感染力。

　　体育摄影的核心就是要把运动员的精湛技艺和忘我拼搏的动作、神态瞬间永远凝固，以充分体现"更高、更快、更强"的奥运精神。在某种意义上来说，每一场体育赛事都是对运动员的检验，而每一次体育摄影对摄影者来说也是一次严峻的考验。

图5.79 体育活动本身竞争性极强，拍摄时机稍纵即逝，特别讲究抓瞬间，对摄影者的要求相当高

彩图5.68　用低感光度拍摄，从而确保高质量的成像

彩图3.15　用尼康D80 APS-C数字单反相机拍摄的效果

彩图5.69 用低感光度拍摄，从而确保
高质量的成像

彩图4.3 常规的风光摄影，需用长
景深来表现

图5.80

图5.81

图5.82 体育摄影作品虽然是静止无声的画面，但它却可带给人们紧张激烈的竞赛气氛和惊险优美的瞬间

一．体育摄影对器材的特殊要求

（一）照相机

体育摄影对照相机硬件要求比较高，因此体育摄影从业者几乎都使用最先进的摄影器材。一般拍摄建议使用便于携带、可随时抓拍瞬间的单反照相机，尤其是高性能的数字照相机，配合大容量的存储卡，一次就可储存数百张高精度的照片，中途也无需更换胶卷，是最理想的器材。体育摄影对相机的具体要求是调焦速度快，快门时滞不明显，具有敏捷的动态调焦性能，具有较强的连拍功能，以便必要时连续拍摄抓取瞬间。就数字相机而言，像素以高为好，高像素照片即使做些剪裁也不至明显影响画质。

（二）镜头

最好配备2～3个镜头，一个为300mm以上的大口径长焦镜头，拍摄足球比赛等需要远距离取景的内容；另外一个为80～200mm的镜头，一个为28～85mm的镜头。这样三个镜头涵盖了广角到长焦的范围，无论拍摄什么内容都可得心应手。其中的28～85mm镜头主要用于拍摄自己周围突然发生的事件，包括在人群中拍摄等等。此外有条件者还可以备一个增距镜，在必要时还可适当延长焦距以满足远距离拍摄的需要。

（三）脚架

由于大口径长焦镜头外形大、分量重，长时间手持相机拍摄不但很累，而且在按动快门时容易晃动，因此最好随带脚架拍摄。尽管使用三脚架比较稳定，但相对来说三脚架分量重，使用时灵活性也较差，一般可准备一支独脚架，需要时支起独脚架拍摄，更能保证相机的灵活性和稳定性，确保成像清晰度。

二．体育摄影的必备要素

（一）熟悉所摄对象和内容

体育项目非常丰富，牵涉的内容非常广泛，比如说球类、体操、田径、游泳、射击等等，其中仅体操比赛就有多个项目，此外还有艺术体操等，作为摄影者不可能熟悉所有的体育项目，因此在平常实践中要做有心人，多多通过观看他人的作品或电视画面解说等来了解运动规律比赛规则或相关要领。要拍摄自己不熟悉的内容前，有条件者最好能预先向有经验的摄影者请教，了解注意事项等，熟悉自己所要拍摄项目的竞赛规则和技术动作特点等，对提高拍摄成功率很有帮助。

除了要了解活动的特点外，如果能熟悉主要被摄对象的个性和动作习惯等，不但能提高拍摄成功率，而且对拍摄到富有特色的镜头也有帮助。有些著名运动员，当他（她）们在赛场上获得可喜突破，为自己、为祖国人民赢得荣誉后，常常会有一些典型动作来表示自己的兴奋喜悦，熟悉他们的行为个性，便于拍摄到生动感人的画面。

（二）要有预见性

"更高、更快、更强"的奥运精神可以说是体育活动精神和特点的概括，由于体育运动有快速变幻莫测的特点，预见性中包括两点：一是对体育比赛现场高潮出现的预见性。拍摄有些内容时需要恰当运用快门提前量，不然难以得到精彩的瞬间，拍摄时必须要在动作达到高潮和精彩瞬间出现之前的一刹那按动快门。比如说拍摄足球射门动作，就要掌握最佳的快门提前量，如果在球员的脚已经碰到足球时启动快门，画面中往往已经没有足球了。二是拍摄者不但要对所拍摄的项目的特点和对被拍摄运动员的动作出现高潮较为熟悉和充分了解，还要对自己所使用的照相机性能有充分的了解，包括对各种新型数字照相机的快门性能情况，只有充分了解和利用相机快门的时滞特点，合理控制释放快门的提前量，才有可能确保摄取最佳瞬间（图5.83、图5.84、图5.85、图5.86）。

图5.83

图5.84

图5.85

图5.86

三．体育摄影的表现手法

体育摄影的要义就是一个"快"字。在正式比赛或表演现场，摄影师和运动员显然无法交流沟通，只有通过"抓拍"才可能把体育运动中精彩激烈、扣人心弦且稍纵即逝的瞬间捕捉下来，因此"抓拍"是体育摄影的基本手法。体育摄影通过"抓拍"的手段，一般着眼于这几个方面展开：

（一）新闻热点

体育新闻中也会有热点新闻，对于热点新闻不但要拍摄到，而且要尽可能拍全，要多角度予以表现。在2006年德国世界杯比赛中的齐达内头顶马特拉齐事件中，路透社记者拍摄了裁判举红牌，红牌举过头顶，齐达内离开赛场，走过大力神杯，队友相劝等等几乎所有能拍摄的镜头，因为这是世界杯比赛中最大的热点。有无数受众对此感兴趣。此外某一时期在体能或技术上处于巅峰时期，频频夺冠或有可能夺冠者的活动也是新闻热点，同样需要特别关注。

（二）突发事件

体育摄影的范畴很广，它还包括了比赛现场与体育活动相关的所有活动。以拍摄足球而言，除了拍摄球场上运动员之间竞技外，当某支球队久攻不进而突然飞脚进球后，现场球迷必定会有相应的激动反应，如果对此有预见、有准备，同样能拍摄到精彩镜头。仍以2006年德国世界杯比赛齐达内头顶马特拉齐事件为例，这是一件谁都无法料到的突发事件，突发事件发生时，需要摄影者冷静地将事件的开始、发展、结束等重要过程拍摄记录下来。这除了要求摄影师能眼观六路、耳听八方外，还要有新闻意识和相关的心理准备，这样在面临突变时才能做到不慌不忙、胸有成竹。

（三）最佳瞬间

在某种程度上来说，体育摄影主要是为了表现人的力量和形体美，因此要着眼于"更高、更快、更强"的角度来抓取最佳瞬间。比如说拍摄跳高、撑杆跳运动就要抓运动员跨越过杆的最佳瞬间，拍摄跨栏就要将运动员相互间的差距和动作差别表现好，拍摄体操就要将运动员高难度动作的形体美刻画好，各种不同的运动项目都会有典型的最佳瞬间，摄影者要在有预见的前提下及时抓取最佳瞬间。

（四）利用细节

前些年曾有一组在"荷赛"获奖的体育照片，就是通过运动员在快速奔跑时自然流露的龇牙咧嘴表情等间接反映运动场上激烈争斗的气氛，还包括在运动员双脚进入沙坑时，沙土飞溅，黄沙犹如浪花散开的特写等细节描写，这种用间接描写的手法来反映体育比赛，同样给人留下十分强烈的印象。不过在拍摄这些细节时，需要摄影者对该项运动内涵有较深理解，还要求摄影者具有较强的提炼捕捉典型瞬间的能力，在画面中既要反映力量，还要体现美感。

图5.87

（五）人物特写

体育摄影时因场地原因、安全限制，以及不妨碍运动员正常发挥角度出发，摄影者都在较远的摄距拍摄，即使采用300mm的长焦镜头，甚至加用增距镜拍摄，最多也只能拍摄到结像较大的人物形象，要拍摄特写的难度很大。如今，大都采用APS-C规格的数字相机，由于镜头焦距增加了0.5倍，焦距的延长为摄影者拍摄体育人物特写提供了更大可能。目前各大图片库中表现竞技状态中体育名将的特写照片很受媒体欢迎，摄影者在实践中要多多留意拍摄（图5.87）。

四. 特定拍摄项目和场地的制约

对于有经验的摄影者而言，有利的拍摄位置和拍到最佳瞬间的照片密切相关，好的拍摄位置预示着好的拍摄角度，自然直接关系到照片质量。但作为一种很特殊的社会活动，体育摄影的拍摄位置在很多情况下并非由摄影者自己任意选择，它有着相应规则和必须遵循的要求。

（一）不同项目都有相应规则要求

不同的体育运动项目，需要不同的场地和条件，比赛规则要求也不同，给摄影者提供的摄影区域也各不相同。有些运动项目需要绝对安静，哪怕是极微弱的声音，包括按动照相机快门所发出的声响，都会影响运动员的技术发挥。所以像台球、高尔夫等项目在正式比赛时，严格规定：在运动员击球前不允许按动照相机快门。例如足球、篮球、排球、曲棍球等一般规定在底线两侧拍摄；乒乓球、体操一般是在挡板外指定区域拍摄；田径（图5.88）、赛车、网球则另有划定的摄影区。

每一位体育摄影者在进入拍摄现场前必须熟知相关规定，并且只能在规定的摄影区域里选择拍摄位置。体育摄影者必须严格遵守比赛有关摄影区的规定，反之则影响运动员水平的正常发挥，甚至会造成更大的损伤。因此，作为摄影师或摄影记者，在任何时候都要严格遵守相关规定，在任何时候纪律和安全永远处于第一位。

（二）关于最佳位置的选择

摄影者需要根据自己所拍摄的运动员（队）的技术、战术特点，在指定摄影区域内选择最佳的拍摄位置。例如拍摄足球比赛，取决于

图5.88

是要拍摄主队进攻，还是要拍摄客队进攻，进而选择在哪一边的球门后；而所要拍摄的队或某个运动员的特点是左路进攻强，还是以右路进攻为主，又决定了摄影者应该站在球门的左侧还是右侧进行拍摄；这就需要摄影者预先对被摄对象有一定了解后决定。而体操、乒乓球、羽毛球、网球和田径等项目则要根据每个运动员的个人技术特点来决定拍摄的站位。

当然在选择最佳位置时还要考虑到一些其他因素，比如说是否具有良好的光线效果？是否符合自己所配备的镜头的视角和摄距？同时还要尽力避免因杂乱背景而可能影响主体表现的拍摄位置等（图5.89）。

图5.89

五．体育摄影作品的创作技法

体育摄影属于严格的纪实摄影，但为了艺术地多方位地体现"更高、更快、更强"的体育精神，进行体育摄影创作时还可采用以下方法：

（一）高速快门拍摄

一般在体育摄影中经常运用长焦镜头拍摄，而且有很多项目不许使用闪光灯（或者因摄距远，开启闪光灯也没有意义），因此常常采用1/250秒以上的快门时间，而近距离拍摄短跑、跨栏等高速运动项目或拍摄赛车等，常常还得选择更短快门时间。否则容易因曝光时间长、运动对象速度快而呈现主体模糊现象，导致拍摄失败。通常从保证运动员成像清晰角度出发，体育摄影中常常根据拍摄现场和胶卷感光度以及镜头最大口径等实际情况，尽可能采取最短快门时间拍摄。由于现在流行的拍摄器材为数字照相机，数字照相机可随时调整感光度的优势也为摄影者选择更短快门时间提供了更多便利。

（二）低速快门拍摄

当然在体育摄影中不是绝对不可使用低速度快门，在拍摄那些运动速度不是太快的内容时，恰当采用较长的快门时间，在体现动感的前提下还可获得较特别的艺术效果。比如在拍摄艺术体操时，采用低于1/60秒的快门时间，可以将运动员挥舞或抛接器械等表现得富有动感。在拍摄长跑运动起跑瞬间时，采用1/30秒左右的慢速快门，画面可体现出一定的动感效果。

快门时间和动感反映的关系相当密切，选择的快门时间长，运动对象的速度感就会得到夸张。因此运动对象动感强烈与否，在一定的程度上也可借快门时间来反衬。相对来说，快门时间低于物体运动幅度，就可在相对虚化或晃动的图像中反映动感。而且两者常常呈现反比关系，快门时间越长，运动效果就越强烈；而快门时间越短，画面动感就越容易被凝固，动感效果也相对削弱，因此以慢制动也是创造动感的常用方法。

（三）追随法拍摄

拍摄横向快速运动对象，比如拍摄运动员跑步镜头时，有个较常用的表现动感的拍摄法——"追随法"。所谓"追随法"就是照相机在曝光瞬间随着被摄对象作相对同步的移动，在移动的过程中完成曝光（图5.90），通常采用此法拍摄不需选择过短的快门时间。一般可选择1/60秒左右的快门时间。

"追随法"的特点是一边拍摄一边晃动照相机，由于运动对象和照相机作同步移动，便成为相对静止的对象，成像比较清晰；而原来静止的背景因照相机在曝光瞬间的移动而变成了相对运动的对象，所以呈现出明显的虚化效果，最后就形成了人物清晰、背景模糊、极具动感的画面照片。这种一边按动快门，一边随对象同步移动的拍摄法需要一定的经验，也有相应难度，建议在完成往常正常拍摄任务后再采用此法拍摄，而且还应适当多拍几张，以便挑选（图5.91、图5.92、图5.93、图5.94）。

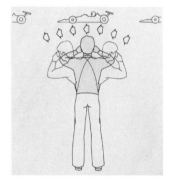

图5.90　追随摄影操控示意图

图5.91

图5.92

图5.93

图5.94 "追随法"的特点是一边拍摄一边晃动照相机，由于运动对象和照相机作同步移动，便成为相对静止的对象，成像比较清晰；而原来静止的背景因照相机在曝光瞬间的移动而变成了相对运动的对象，所以呈现出明显的虚化效果，最后就形成了人物清晰而背景模糊，极具动感的画面

（四）多次曝光拍摄

有些富有创意的摄影师在体育摄影中采用多次曝光法拍摄过一些杰出的体育摄影作品，因此有条件者也应作些相应尝试，以进一步丰富体育摄影创作的表现手法。体育摄影的多次曝光主要利用一个画面来展现运动员活动过程的多个典型动作的瞬间。一般拍摄常结合电子闪光灯的频闪来完成，在拍摄前最好通过试验以确保成功率。

不过多次曝光在实际操作中有一定难度，对曝光量的控制、人物曝光位置的安排等都要有严谨的考虑安排，而且常常需要在合适的位置安排闪光灯，照相机要有多次曝光功能，拍摄时要保持照相机的稳定不动，对照相机和闪光灯的器材要求也比较高。一般建议在训练场地实践拍摄以获得经验，在正式比赛场合则要谨慎对待，以免影响主要拍摄任务的完成。

第六节 时装摄影

时装摄影是一种用摄影图片来反映当前流行时尚的一种形式。1909年，美国《时尚》杂志为探索这种更富想象力的时装摄影提供了平台，这个窗口充分展示了当时人们对新潮服装最具特色的理念，同时也诞生了一批杰出的时装专业摄影师。时装摄影以宣传时装、推销时装为目的，带有很强的商业性。时装摄影极富有挑战性，它是社会、经济、文化、时尚的综合，这就要求摄影师必须具有强烈的超前性及极高的审美取向。

一．时装摄影的形式特征

（一）传播时装信息

拍摄时装照片的主要目的，是为了传达新式的时装款式，提供流行和时尚的服装文化信息，具有极强的商业性，它更多是属于商业广告性质的照片。它的专业性决定了摄影师不以审美为主要功能，不以反映摄影师个人趣味、情感与思想为主旨，而是以传播时装信息为主要功能，这是前提。

图5.95

（二）体现艺术风格

同时时装摄影以摄影艺术为表现手法，通过形象化的摄影语言符号，艺术性地有效传播时装信息，在不违反真实、准确、可信的基础上，充分运用摄影的技术手段和艺术手法，从而达到既要求表现清晰、逼真的客观形象，又必须具有妩媚、生动的艺术效果。

（三）目前流行形式

时装照片的概念极为宽泛，主要是讲究时髦的经济上自主独立的女性。现在，脸蛋像瓷器一样光洁细腻的模特儿被日常生活中真实的、生气勃勃的女士所取代。她们举止高雅，但又毫不做作。这类照片的背景均取自日常生活，自然朴实，而把更多的注意力集中在形式和审美意义上（图5.95）。

二．时装摄影的表现手法

（一）环境与道具的选择

1.环境的选择

室内拍摄与室外拍摄的最大区别是光源不同，室外自然光不可能根据摄影师的要求随意改变，但在自然光下拍摄时装作品，显得更贴近生活，更有情趣和舒适感，使用的设备也少；室内拍摄则可以根据摄影师的要求，对光源随意改变或进行有效的控制，能把服装的款式、风格、面料等表达得淋漓尽致，在空调的作用下，模特儿神情轻松，状态极佳，但缺少生活化。

在拍摄那些高档时装时，应尽量体现奢华、高贵，从总体和细微的局部经典的穿着环境入手，选择一个相应的拍摄场所显得很重要。对于那些休闲便装，要善于营造欢乐轻松的气氛和无忧无虑的环境，利用大自然的阳光、风、水，拍摄出充满青春活力，健康自信的快感（图5.96）。

图5.96

图5.97

2．道具的选择

包、帽、伞、鞋和首饰等都是常用的配件和道具，有时可配几种不同款式的椅子。如果是在室外拍摄则可利用现成的物体作为道具。

（二）模特走秀的表现

在众多的时装摄影中，女装的拍摄是主流。女装时装摄影中要强调的是曲线美，美丽的线条通过模特儿美丽的身体曲线加以衬托，从而突出时装款式（图5.97），这样的作品好像是给男人看的，实际不然，女人们看了这样的画面，会产生一种联想，认为自己穿上它也会很美，从而产生购买欲。

模特走秀表演的拍摄，应该把重点放在产品流行趋向的款式、花形、材料、色彩的构成上，它是以传递商品信息为主要目的，模特只是陪衬。比如，时装表演选用的模特，主要用以体现人体和时装的线条、影调、色彩有规律的交替，使画面和谐、生动、有韵律；手势动态的交叉，以至小道具的使用、富有戏剧性的情节等，都可以使画面富有趣味性和生活气息。一般舞台上都有几个相对固定的亮相区，模特儿会在亮相区内摆好姿势停顿几秒钟，这时模特儿相对静止，是一个极容易抓拍的机会。当然也可选择模特儿行走的过程进行抓拍，这样拍出的照片具有动感。摄影者的站位也可选择舞台正面偏左右或者在T形台拐角处较为合适，这是因为可以拍到不同角度、不同背景、不同光的照片，相对正面拍摄的照片气氛要活跃得多。

三．时装摄影的功能表现
（一）拍摄服装设计师需要的照片

时装摄影是通过时装并借助于模特来诉说和表现服饰的轮廓、线条、色彩、款式及面料质地的视觉形式，传递着时尚潮流的信息。作为摄影师有必要了解服装设计的基本常识，这有利于在拍摄中更好地表现服装设计师的设计理念和设计风格，从而准确地表现出服装设计师的审美情趣。我们不妨来参考一些颇为科学的服饰选择和审美原则，如"TPO"穿着三原则：时间（Time）、地点（Place）、场合（Occasion）和"5W+1H"的着衣原则：何人（Who）、何时（When）、何地（Where）、何目的（Why）、穿什么（What）和如何穿（How）。

苗条型服装。表现女性阴柔秀丽的自然曲线美；

垂直型服装。强调肩部的方正感觉，既适度宽松离体，又不失严谨庄重；

宽松型服装。宽松地远离模特的躯体，外观轻松休闲，无拘无束，自由惬意；

A字形服装。是最具有流线感的时装款型，上身合体裹身，腰部向下放开，整体连贯，十分美观舒适；

T字形服装。袖身与衣身连成一体，上体伸展自如与下肢利落匀称交相辉映，显得飒爽英姿，十分精神；

优雅曲线型。是修饰女性纤细腰肢的成功造型，十分华贵雍容，不仅确保女性生理上的舒适性，同时也达到视觉上赏心悦目的效果；

Y字形服装。强调上身肩部的造型，下身采用贴体收缩造型，以营造出帅气挺拔、高挑神气的形象。

（二）拍摄面料厂商需要的照片

要拍摄突出时装面料为主的照片，应该注意产品的质感表现，忠实地再现面料的纹理、亮度、图案和色彩（图5.98、图5.99）：

皮革服装一般有光泽、有厚重感，受光部分易出现强烈的光斑，拍摄时应避免用直射光，用漫射光处理较好；

裘皮服装的拍摄重点是表现松软感，有丰厚的毛感。即使你用大量的照明，也很难表现出毛皮的外观特征，照片与实物的差距很大。其实，适当地利用逆光和较暗的背景，并注意毛皮表面的理路，寻找具有毛皮特征的服装边缘部分，体现毛皮表面柔软的弯曲部分，注意毛皮的反光所体现的微妙造型效果再加柔光处理较好；

丝绸类面料服装会有闪光和一些小小的反光，为了表现这些特征，可选用中强度的直射光；

拍摄具有透明感的纱类面料服装，大多采用逆光照明，背景尽量暗些，以便突出轻薄通透，若隐若现的神秘感，也可借助于模特流线型的身影或微风吹拂的感觉；

棉布及印花棉织物、亚麻织物、塔夫绸等面料的服装用两侧45°光位均匀照明效果比较好，也可选择局部特写。

图5.98

（三）拍摄销售商需要的照片

传达企业形象和文化理念的时装摄影已成为一个时装企业投入市场广告必需的惯例，企业的形象广告更侧重于社会理念的表达，而不是产品本身的形象表现，因此，这类品牌的摄影不是直接地为时装而摄影，而是以各种间接的方式达到树立品牌形象的。

这类照片常强调意会和风格，通过模特身着时装动人而富有个性的肢体语言和表情来取悦受众，它的拍摄更自由，但是也更富有挑战性。常配于杂志文章中，也常用在富有"幻想力"的创新广告中。

把对品牌理念和创意方案的理解，全都通过摄影师独有的摄影语言表达出来。首先要考虑的是客户品牌的定位，分析其消费群体，然后确定产品的风格和主题，进而在这种风格的引领下，选取模特、场景、道具等一系列拍摄元素。形象、气质俱佳的影视、体育及成功人士，是时装推广的热门模特，一套优秀的时装摄影作品常常能掀起人的购买欲望。优秀的时装摄影师其实是在运用镜头去反映消费者内心潜在的欲望和幻想，让消费者看到这些影像的时候，就会产生极大的共鸣，自然而然地加入自我幻想，从而诱发出购买欲望。

因此，时装摄影作品不仅仅是艺术品，更是一件技术层面上的作品。技术是整个拍摄过程的基础，但在技术运用上应该遵循一个原则：即技术要为整体服务，在拍时装时，不要过多地运用摄影技巧，因为技

图5.99

图5.100

巧的东西太多容易让人产生排斥心理。时装摄影并不会在服装的细节上斤斤计较，而是希望传达一个品牌的总体风格。每个品牌都有自己独特的风格，或优雅，或闲适，或高贵，只要抓住这种风格，就能对观者产生足够的吸引力。

四. 时装摄影的定位设计

（一）时装的品牌

在拍摄时装时，要从时装品牌的定位，根据目标消费群的不同，确定时装摄影的侧重点，有的品牌可走纪实风格路线，有的则艺术性表现强些，还有一些品牌则密切关注社会发展、文化风俗，时尚界对于人类社会而言，犹如一面能够窥探人类欲望的魔镜，时装摄影则是人类在镜中的映像和倒影。每个人在面对镜子时会忍不住问道：我看起来如何？我是不是最美？时尚引导和评判了人们的审美和品位，时装摄影暗示了一些人的高贵和先知，嘲弄了另一些人的落伍和恶俗。

（二）时装的类型

选择怎样的时装背景（日常生活、海滩上、华丽的背景或街景），这些都要看服装类型而定。时装摄影的背景选择原则：简洁、谐调、对比。感觉是确定如何用光的关键，如果某件衣服的美之所在是纯线条，那么就让线条主宰画面。一套简单的服装就用简单的方式表现出来，不去追求任何戏剧性效果（图5.100）。

当今的时装照片主要为时装杂志和时装广告两大类，从中不难看出其背后的后现代主义、女性主义、人道主义等思想的反映，还有当代艺术对时装摄影的影响与渗透。

第七节 夜景摄影

一. 夜景摄影的曝光技法

（一）最佳效果的光线

在同一种光源照明下，光照强度较平均，色温趋于一致。这一类照片，在拍摄时对于曝光量和色温都比较容易控制。

（二）拍摄较远的景物

夜间景物距离较远，灯光本身的强弱，对曝光的影响不大。这种情况下，可把灯光看作处在同一平面上，拍摄时以平均亮度曝光为准。

（三）处在纵向的景物

如拍摄像路灯那样排列的广告灯箱，那么离照相机越近亮度越强。拍摄这一类的夜间灯光被摄物时，一定要避开离镜头最近、影响最大的发光体。假如以距离较远的发光体作为曝光依据，那么最近的这一发光体就会曝光过度，在照片上形成苍白的光点而影响画面效果。反之，若以最近的发光体为曝光依据，远处就会曝光不足，画面就会很暗淡而缺乏层次。

（四）表现烟花的方法

燃放烟花的场面很壮观，这是夜景摄影很好的题材。拍摄烟花跟拍摄瀑布一样，可以用较短的曝光时间把烟花拍成流线型的稀丝状；或者用较长的曝光时间把烟花拍成喷涌型的动感状态。

二．夜景摄影的表现手法

（一）可用大光圈拍摄

通常情况下，夜景摄影用大光圈较好，因为夜景摄影主要表现夜间的灯光景观，这样可以缩短曝光时间而稳定照相机，提高像质（对于那些没有快门线的人来说更应如此）。至于景深的问题大可不必担心，因为影响景深的三大因素，首先是拍摄距离的远近，其次是镜头焦距的长短，然后才是光圈的大小。而我们拍摄的夜间景观的距离都是比较远的，一般又都是使用广角镜头；一般来说，夜景无法表现明显的细部质感，因此采用小光圈在此已无太大的意义了。

（二）多次曝光拍摄夜景

为了表现城市建筑的轮廓和产生的灯光效果，可用多次曝光手法。比如首先在太阳已落山、天空仍然明亮时进行第一次曝光，这一次曝光，曝光量要稍欠一些，仅在底片上留下浅淡的建筑物影像；当夜幕降临、华灯初放后进行第二次曝光，这次按夜景摄影的曝光量正常曝光，在同一片上进行两次曝光。用这种方法拍摄，一个晚上只能拍摄一幅作品，但能拍出建筑轮廓形象、灯光夜景效果都佳的画面（图5.101）。另一种多次曝光，是第一次用广角镜头按夜景摄影的曝光量正常曝光；第二次调换镜头超长焦距，对月亮进行第二次曝光，两次曝光所拍摄的不同景物组合在同一底片上（图5.102）。

图5.101　天空仍然明亮时进行第一次曝光，这一次曝光，曝光量要稍欠一些，仅在底片上留下浅淡的建筑物影像；当夜幕降临、华灯初上后进行第二次曝光，这次按夜景摄影的曝光量正常曝光，在同一底片上进行两次曝光。用这种方法拍摄的夜景照片，甚至能表现出第一次曝光时记录下的云彩，这极大地丰富了画面景象

图5.102 第一次用广角镜头按夜景摄影的曝光量正常曝光；第二次调换超长焦距镜头，对月亮进行第二次曝光，两次曝光所拍摄的不同景物组合在同一底片上

（三）使用闪光拍好夜景人物纪念照

夜景摄影一般不使用闪光灯。因为即使功率再强的闪光灯，其闪光射程也无法达到夜间远景的被摄物。所以夜景摄影主要还是依靠长时间曝光方法。就旅游摄影而言，如果人们喜欢城市的夜景，就会想拍摄夜景人物纪念照。当使用闪光灯拍摄时，可首先按夜景景物的环境亮度进行曝光时间和光圈的组合，然后用闪光灯的指数去除以光圈，算出被摄人物与闪光灯的距离，再让被摄人物稍稍站后一点进行闪光补光。这里让闪光略为不足一点，旨在使画面更加富有夜景的韵味和特点（图5.103）。另外特别要提醒的是，此时的曝光时间较长，所以当闪光灯亮过之后，整幅画面的曝光并未结束，因此人物千万不能马上走开，否则人身后的建筑灯光会与人物产生叠影。

三．常见夜景的拍摄
（一）一般城市夜景的拍摄

现在不少城市商业中心或标志性建筑在夜间都采用了泛光照明作为地方性景观，这些建筑在较均匀光线照射下，是摄影者拍摄夜景的极好

图5.103

彩图5.104　夜晚，城市标志性建筑都采用了新型的泛光照明，这些建筑在较均匀光线照射下，光影、色彩效果十分理想，是摄影者拍摄夜景的极好题材

彩图5.109　天色将暗未暗的那一段时间很短暂，摄影者还要掌握好建筑泛光照明灯的开启时间，才能拍到效果理想的夜景

彩图5.113　长时间曝光，使游船在画面拉出七彩的光迹，与静态建筑群形成了动静对比的效果，也丰富了画面的表现力

彩图5.105　选择大气能见度较佳的晴朗夜晚，在天色将暗未暗之际拍摄，是获得夜景摄影佳作的关键

题材（P137/彩图5.104、P138/彩图5.105）。在所有泛光照明设计中，黄色灯光占主流，还有少量为其他颜色，一般拍摄时应按黄色部位亮度测光曝光。拍摄建筑夜景其实就是拍摄建筑的反射光或灯光，因此不宜采用无点测光功能的独立式测光表来测光，而要充分利用照相机（测量反射光）的内测光功能。有条件者可借助长焦镜头用中央重点测光模式对中等亮度的黄色测光，然后锁定曝光值再采用合适构图的焦距拍摄，如果采用非恒定光圈的变焦镜头来测光曝光，当测光焦距和实拍焦距变化时，在确定曝光值时应作适当曝光补偿。

如果建筑附近有水岸、湖泊等，应充分利用倒影等丰富画面，曝光时一般以建筑实景或针对要表现对象内容的多少来确定，遵循少数服从多数的原则。

要拍摄夜景中车辆运行的灯光线条，最好选择交通繁忙的路口，借助小光圈，增加曝光时间，曝光时间越长，车灯的运动线条也越长（图5.106、图5.107）。

图5.106

图5.107　要拍摄夜景中车辆运行的灯光线条，最好选择交通繁忙的路口，借助小光圈，增加曝光时间；曝光时间越长，车灯的运动线条也越长

（二）月夜景色的拍摄

拍摄月夜景色大都选择农村和山区等，因为空气清新，能见度更高。拍摄月色下的夜景要求成像清晰，色彩鲜艳通透。有时太阳还未完全下山，月亮就已升起，天空色泽变化丰富，从蓝色变成带些橙色的蓝，再逐渐变成深蓝色，在拍摄月夜景色时就要设法利用这些时机将天空微妙色泽变化表现好。

最好的拍摄时间是太阳下山不多久，这个时段地面建筑等常常因天光映射而呈现神秘的蓝色，只要曝光准确，在蓝色的基调中，地面景物也会有较丰富的层次。不过该时间段很短促，不过十来分钟而已，需要抓住时机才可能成功。

拍摄月夜景色的难题是测光，测光不准就会影响图像质量。很多情况下真正月夜的照度极低，不能用程序自动档拍摄，用便携式数字照相机的程序档拍摄这样弱光对象时，往往在屏幕上仅仅显示曝光不足两档，然后取最大光圈，配上1/30s的快门时间曝光，显然这样的曝光数据难以满足曝光需求，最后得到的图像会严重曝光不足。所以拍摄时较保险的是使用手动"M"档测光，这样可根据测光值再进行手动曝光（图5.108）。

四．数字照相机拍摄夜景的技巧
（一）选择较和谐的影调

数字照相机对曝光要求更高，也更适合拍摄反差比较柔和的对象。

图5.108　用手动曝光方式拍摄的夜景

而夜景画面的反差往往较强，一般采取两个方法来提高质量：一是预先选择好拍摄内容，构图完毕后架起三脚架等待，在天空尚有余光仍然保留一定蓝紫色调时拍摄，这样景物的轮廓线条更加分明（P137/彩图5.109、图5.110、图5.111、图5.112、P138/彩图5.113、图5.114、图5.115）。

图5.110   图5.111

图5.112　在天空尚有余光仍然保留一定蓝紫色调时拍摄，这样景物的轮廓线条更加分明

图5.114

图5.115 城市夜景的拍摄，时机的把握甚为关键。一是建筑泛光照明灯的开启时间，各地可能不尽相同，还有夏季的开启时间一般会晚于冬季；二是不同季节，天色将暗未暗的确切时间，摄影者要做到胸中有数，拍早了，不像夜景，拍晚了，天空变黑，效果不好。所以最佳时机为：建筑泛光照明刚好开启，天色将暗未暗。这段时间非常短暂，仅10分钟左右

当然仅仅依靠天刚黑的时段也不可能拍摄到多少照片，因此在实际拍摄时要随机应变，通过取景构图来控制画面反差，一般可以取影像亮度比较一致，高光部位和暗部比较少，中等亮度比较多的内容拍摄，这样按照中间亮度曝光效果比较好。

（二）采取适当措施控制噪点

数字照相机在曝光时间较长时容易出现噪点，尤其是便携式数字照相机更加明显，而单镜头反光数字照相机则相对好得多。拍摄重要内容时应该首选单镜头反光数字照相机拍摄。实际拍摄时除了要注意上述第一点要求外，还可开启照相机的降噪功能，这样照相机在运算处理照片文件数据的时间稍长些，但成像质量更好。

同时要注意选择感光度不宜太高，因为用高感光度拍摄时由于信号增强，本身容易强化暗部的噪点。一般选择原则是便携式照相机最好采用ISO200的感光度，不要超过ISO400；单镜头反光数字照相机尽量选择不超过ISO800的感光度。当要满足曝光需要时，可通过开大光圈来尽量避免延长曝光时间解决问题。

五．夜景摄影的其他技术要点

测光时不要将照相机的镜头光轴对着最亮或最暗处，否则将曝光过度或曝光不足。无经验者最好按照平均亮度值用括弧曝光法连拍三张来确保成功率。

拍摄时要将照相机的镜头光轴处于黑暗中，不能让镜头直接照射到灯光而产生冲光。

当使用自动调焦拍摄时，不要将照相机的镜头光轴对着黑色的天空或者是毫无细节反差的亮部，这样会不调焦而无法按动照相机的快门进行拍摄。

夜景摄影不宜将浅色耀眼的广告牌摄入画面，因为如果以城市夜景为曝光标准，这些灯箱会曝光过度而在画面上形成相当抢眼的白色光点，影响主体的表现力和画面的整体效果（若需要拍摄灯箱效果的话，则应当在它的光色变换中，挑选那些深颜色的灯箱去拍摄）。

夜景摄影使用的三脚架要牢靠，拍摄过程中动作要轻，要避免因照相机震动而造成图像的模糊。

？ 思考与练习

1. 史密斯、海因、解海龙的代表作是什么？
2. 什么是新闻纪实的五个"W"？
3. 怎样用光线、构图等手段为脸型过胖或过瘦的人造型？
4. 实践拍摄玻璃制品与金属制品（训练用光技术）。
5. 建筑图片的拍摄必须注意什么？

第六章 作品赏析

第一节 摄影艺术的审美要素

一. 光线与影调

摄影又称"光画",摄影画面是靠"曝光"来获得的,"光"是摄影的基本造型元素。事物的具体形象要通过光线的照射才能被我们的眼睛所见,摄影画面中各种景物的各种姿态是物体接受光线后产生反射呈现在感光材料上的影像。

(一)光线

光线因受到光源的种类、光照的强弱、光源的色温、照射的距离和被摄体的材质、质感以及周边环境的影响而不一样,它给我们的摄影造成曝光量和色彩、影调的各种变化。比如直射光的影纹线条有力、色彩饱和;散射光的影调较柔和,但是缺少层次。

我们在摄影中根据光线不同的照射性质而把它分为直射光、散射光和反射光三种光线类型。

1.直射光

我们通常把由晴天直射的阳光或各种直射的人造光源所构成的光质称为"硬光"。被摄景物在这种光线照射下影纹线条有力,受光面和阴影面的光比较大,反差强烈,影调明朗、立体感强(图6.1、图6.2、图6.3、图6.4)。这种光线的正面光适宜拍摄儿童和青春女性等影像明朗的照片;前侧光适宜拍摄大众人像,使人物面部呈"三角光"而具最佳效果。

2.散射光

阴、雨、云、雾、雪等天光或是经过柔化的人造光等光源,通常被我们称为"软光"。被摄景物在这种光线照射下影调柔和、色彩饱和、无鲜明反差,但是缺乏立体效果,在这种光线下能得到色彩鲜艳、影像柔和、层次丰富的照片。虽然在自然风光摄影中不易表现景物的立体感和空间感,但是可以用它拍摄出一种纯净的风光小品(图6.5)。

3.反射光

这类光线一是自然的环境物质(墙面、沙滩、水面、冰面、雪地等

图6.1 《门户》直射光效果 潘锋 摄

图6.2 《台湾风光》直射光效果

图6.3 《台湾风光》直射光效果

图6.4 《台湾风光》直射光效果

图6.5 《山庄》散射光效果 潘锋 摄

景物）受到直射光的照射后，再反射到其他景物上的光线；二是人造的摄影专用反光板、反光伞等物品产生的反射光线。它能在摄影中对被摄景物起到调节反差、丰富层次的补光作用。

（二）影调

影调是景物形象在光线的照射下所产生的、从亮部过渡到暗部的丰富的层次变化结构。光与影始终是相随相伴的，物体的形态和质感都是借助于光线与影调来刻画的，环境和气氛也是依托光线与影调来构成的。在这里要指出的是，光线不仅反映景物本身的影调，还表现在与景物相随的影子中，摄影中的影子具有双面性，表现得好富有魅力，表现得不好则会成为遗憾。例如，当我们看到景物在地面或是墙面上由光线形成投影的时候，就会觉得画面上的景物从平面的影像中 "跳" 了出来，在视觉上产生一种立体的空间感。假如在室内用仰摄进行机上闪光摄影，背景上人物的上方产生一个浓重的黑影，则会破坏画面的整体形象效果。

综上所述，光与影是摄影造型的 "母体"，只有并用好 "光" 与 "影" 这两大摄影造型元素才能够得到摄影的艺术佳作（图6.6）。

二．线条与形状

（一）线条

线条是构成景物外貌和轮廓的基本因素，线条也是艺术形象语言，不同的线条会给人不同的暗示和想象。

直线给人 "刚强、耿直、延伸" 的联想，具有平铺直叙的视觉感。

曲线给人 "柔软、优雅、迂回" 的联想，具有起伏委婉的视觉感。

斜线给人 "活泼、变化、流畅" 的感觉，同时又会使人产生 "不稳定" 的感觉。

图6.6　《朝圣者》　黄文龙　摄

上扬线给人"舒展、向上"的感觉。

下垂线给人"低沉、下落"的感觉。

（二）形状

形状是各种相连的线条构成的景物的外观形态，或者是整幅画面中主体与陪体共同组成的一种结构形式，不同形状会使人产生不同的思想情感。

正方形给人以端庄、规整、严肃的感觉，只是过于严肃、守旧。

长方形给人以规矩但有潇洒、大方的感觉。

圆形给人以圆满、完美、始终不变的感觉。

三角形给人以稳定、永久而又有变化的感觉。

线条和形状是摄影构图中的两大基本结构，它们不仅用于刻画外貌和形体，更重要的是在各种景物相互之间的排列与组合上能呈现虚拟形状，是画面艺术表现的张力，对作品主题往往起到画龙点睛的作用。

三．色彩与质感

（一）色彩

各种不同的色彩能够给人以不同的视觉效果和情感印象，人们常说的"感情色彩"就是说色彩是带有感情的。

1.红色

象征热烈、喜庆的意境，它也是一种警示的色彩，具有很强的视觉吸引力。

2.白色

代表了素雅和明朗。白色具有最大的明度，寓意着光明的、积极的、进步的、向上的精神色彩，它具有视觉外延的弥散性。

3.黑色

象征着庄严、深沉、凝重的视觉感受，常给人以历史的沧桑感。

4.黄色

纯黄色象征着光辉、温暖；金黄色就寓意着至尊的形象，给人以强势之感；暗黄色则是寓意污秽和淫秽的色彩。

5.绿色

充满着生命与希望的感情色彩，给人以活力和健康的视觉心理。

（二）质感

质感是物体的表面肌理，如光滑、粗糙、滋润、干枯、坚硬、柔软等等。摄影艺术对摄影图片的质量要求首先是其主体景物的质感要有很好的表现力，而且还需要运用视角、光线、色彩表现给观赏者，激发起人们对它的丰富遐想，并使其产生"触摸"和"尝试"的欲望，甚至是占有或占用的欲望，因此质感在摄影中的表现还应包括人对画面的心理感受。

第二节 摄影艺术作品评析

一．偶然中存在着必然——评析洛蒂的《周恩来总理》

摄影是一种极具实践性和操作性的工作，自摄影者的指尖按下快门发出声响的一刹那起，摄影者的摄影技巧、用光构图、认知力、经历以及对被摄对象的了解便凝固于瞬间。摄影又具有极大的偶然性，如何让这种偶然变成心中所期待的必然，用手中的相机将被摄对象的本质特征生动再现，则凝聚和展现着摄影者的灵感、情感、理念、心灵和智慧。

《周恩来总理》（图6.7）是一幅令人难忘的新闻人物肖像摄影作品，是意大利摄影记者洛蒂于1973年第一次见到周恩来总理时所拍摄的。这张照片所捕捉和体现的是周总理的坚毅和信心，深深地感染和震撼了我们。试想，一个外国人，在从未见过被摄对象的情况下，是如何拍出获得大家一致公认的优秀作品的呢？这是一幅典型的由作者心中的期待所产生的作品。据作者洛蒂介绍，他一直想有机会为总理拍照，通过阅读大量的文献资料，洛蒂在见到总理前已经基本确立了心目中的形象，并"急切"地想用手中的镜头将心中崇敬的周恩来形象物化地呈现在我们面前，而事情并非那么简单。1973年，周恩来在人民大会堂会见外国代表团，时为意大利《时代》周刊摄影记者的洛蒂，在进入接见厅后便一直在观察环境、光线、设施、布局，并揣摩为周总理拍照的位置。当总理告别客人时，洛蒂提出要为周总理拍照，征得总理同意后，洛蒂便根据先前观察的结果，请总理坐在沙发上。由于心情紧张而急切，洛蒂在总理刚刚坐下时就迅速地拍下一张，但他立刻意识到，刚才那张照片无论从拍摄角度还是总理的姿势、神态上都不能充分表现出他心目中所敬仰的周总理的风采，就他对总理的认知，这是他不满意的，是未达到他心中所期待的效果的。正在这时，总理的工作人员在大厅门口叫了总理一声，总理上身向左略转，脸向左侧转动，当总理的目光投

图6.7 《周恩来总理》

向工作人员的瞬间，洛蒂抓住了这个偶然获得的机会，迅速地第二次按下快门，随后礼貌地向周总理道谢并离开了拍摄点。

摄影离不开灵感和想象，这种灵感只能来自于摄影者内心的自我培育，来自于摄影者对历史、文学、美术等不同领域的知识积累、修养和凝聚，并在瞬间将自己长期积聚的"能量"释放在每一张作品中。因此摄影是瞬间记录，有它的偶然性，而洛蒂对第一次拍摄结果的不满意，到第二次按下快门的瞬间把握，则又是偶然中的必然。我们可以体会，一个摄影记者如果没有一种超乎寻常的观察力和认知力是无法完成这幅经典之作的。

最后，从技法角度来分析这张作品。照片中的周总理处于深色的背景中，暗示着当时总理所处的艰难环境；斜三角形构图稳定而不显得呆板，象征着总理一贯的为人处事风格；还有一个细节便是画面左下角的那只白色杯子，据说是作者自己有意放置的，有了它，从技术上来看，照片的整体色阶表现就更加完美了。

二．感染他人并成为行动——评析解海龙的《我要读书》

赏心悦目的摄影艺术作品不可或缺，但我们更需要呼唤人之心灵、能影响和推动社会进步的力作。

《中国青年报》摄影记者解海龙在安徽贫困的大别山区拍摄了大量纪实摄影作品，其中最为著名的就是《我要读书》（图6.8），这幅摄影作品真实记录和反映了农村孩子渴望读书的愿望。也正是这幅照片，对1989年全国实施的"希望工程"产生了重要的推动作用。"希望工程"改变了数百万贫困家庭孩子的命运。

图6.8 《我要读书》

画面中，光线透过窗户照在课桌上，小女孩沉溺于学习的状态中，显然"无视"镜头的存在，极朴素的衣着，稚气但并不细嫩的小手握着铅笔，天真无邪的神情，干涸的嘴唇，而当我们把目光定格在她蓬乱头发下的那双明亮的大眼睛时，我们确切地读到了她那强烈的渴望。无疑，这张照片推动了希望工程的发展。凝视照片时，直觉就能告诉我们照片中的孩子迫切祈盼的是什么，我们要为她或他们做些什么。作者用照片引起社会对贫困地区孩子们的关注，让我们了解这些孩子的状况，并呼吁大家伸出援手。同时，这张照片还具有深深的教育意义，照片中的这些孩子在非常艰苦的条件下仍然努力地学习，拥有优越学习生活环境的城市孩子以及他们的家长看到照片应该是有所启迪的。

从技法角度来看，深灰色调的环境衬托着小女孩浅色调的脸，丰富的影调层次使女孩明亮而渴望的眼神更具表现力；正面近景以较低的角度拍摄，充分完整地交待小女孩渴求知识的专注神情；光线运用紧扣主题，女孩左上方投来的光线照在桌面反射至女孩脸上，突出了眼神光的表现；运用虚实结合加强了空间感，透过虚化的前景，自然而然地将我们的注意力引导到画面的中心——大眼睛。

三．突破，却在情理之中——评析瑞宁格的《艾滋病患者》

无论是专业摄影师还是摄影记者，总是容易将构图的重点放在完美的造型效果上，陷入为构图而构图的误区，而忽视了构图的目的是服务并且突出主题。《艾滋病患者》（图6.9）是一幅震慑人心的新闻纪实摄影作品，作者凭着娴熟的技巧和敏锐的直觉，摆脱传统构图的束缚，使作品具有了感染和震颤心灵的力量。

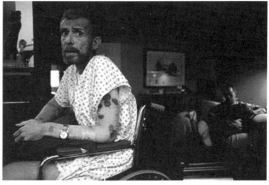

图6.9　《艾滋病患者》

我们可能看到过许多报导和反映艾滋病患者生活状态的图片，而这张照片让我们每一位读者触目惊心、毛骨悚然。照片中，首先映入眼帘的是被摄对象胳膊上的那些黑斑，紧接着我们的目光便会迅速移向人物的脸部，痛苦的神情传达出他的无助和绝望，由此我们可以判断出他是一个生病的人，而他生了什么病？为什么会有这样的症状？是烫伤？烧伤？还是……标题简洁明了地点明了答案。那么作者是如何让这幅作品产生如此大的视觉冲击力的呢？

首先，最大的突破在于它的构图特点，按通常的构图原则和规律，人物朝向的一面应留有视觉空间和运动空间，而这张照片的构图完全与所谓的构图法则相背离，作者将主体人物安排在画面的左侧，同时他面朝左方且身体的一部分已经出画框；我们明显感觉到主体人物在画面布局中的局促感，暗示他不久将离开这一环境，照片拍好的三天后，画面中的这位患者就离开了人世。这里不难看出瑞宁格"处心积虑"地有意去表现《艾滋病患者》与生命的这个主题。

其次，从色彩与情感的关系上来看，画面中主体的服饰为冷色调，凸显在深色暖色调的背景中，揭示他的整个生活状况是区别于他人的，也体现了患者内心的绝望，人们都生活在温暖的环境里，而他却孤零零地处于冷清氛围中。

再次，新闻摄影的敏感性让瑞宁格在典型瞬间记录了典型形象。当他看到这一场景时立即意识到应将被摄人物裸露在外的病灶记录下来，此举将会引发他人的联想并影响他人的行为。在这样一个合适的季节，短袖上衣将患者胳膊上因艾滋病毒引起的卡波氏肉瘤"一览无余"地显露在外，于是作者敏感地用手中的相机将其"全貌"记录下来了。

最后，作者不仅做到用心去感觉镜头前的人物，更善于捕捉人物的神态。这张照片准确地记录了患者的内心世界，他的目光充满凄凉、恐惧和祈求，我们可以身临其境地感受到他对生的渴望以及对病魔的无奈。这样的眼神触动了我们，同时又警示着我们摄影人——"突破，却在情理之中"，这就是瑞宁格的作品《艾滋病患者》给我们的启迪。

四. 审美与技术的完美结合——评析亚当斯的《月升，新墨西哥州》

欣赏美国著名纯粹主义摄影家安塞尔·亚当斯的风光作品时，我们透过纯净的黑白影调、丰富的纹理表现和强烈的质感效果能感受到作品中流露出的壮美中不失细腻的韵律和音乐般流动的明暗节奏。他的作品之所以具有如此强烈的表现力和丰富的影调控制力，主要建立在他的审美把握和他所创立的拍摄曝光理论区域曝光法的基础上。

《月升，新墨西哥州》（图6.10），拍摄于1941年，是安塞尔·亚当斯的巅峰之作，这张作品被誉为人世间最美妙的"月光曲"。皎洁的月亮悬挂在深色的天空，而即将消失于地平面的太阳依然照耀着村庄、起伏的山脉以及天空中飘动的白云，慢速快门使云的形态灵动隽逸，远方的雪山、近处的墓碑在直射阳光的作用下格外明亮。整个画面如同交响诗般地恢弘壮美，象征着日月轮回，生生不息。作者使用大型座机拍摄，光圈f/32，曝光1秒，并用滤光镜压暗天空。后期冲洗时用超微粒D-23显影液稀释，结合水浴法反复十多次，最后对底片地面太薄处加厚，放大时再进行了局部遮挡加光，一轮皓月终于从纯白到漆黑的丰富影调中惊艳浮现，成为永恒的经典。

图6.10 《月升，新墨西哥州》

《摄影百科》（The Photography Catalog，1976，美国Harpe & Row公司出版）提到亚当斯时这么说："当你站在一张安塞尔·亚当斯的照片前，就无法不被他那技术上的纯粹铺张与华丽所淹没，那没有粒子的照片，提供了无限层次的色调，从纯白色到漆黑。"亚当斯是纯粹主义摄影流派的代表，纯粹主义摄影强调摄影应具有自己独立的艺术语言，强调充分发挥摄影特有的素质，用纯净的黑白影调，清晰细致地表现被摄对象而不应模仿绘画，亚当斯就是抱着这样的宗旨用大型相机拍出几无颗粒的自然风光照片。这里要特别提出的是亚当斯在完成作品之前就已对最终达到的画面效果胸有成竹，因为早在拍摄之前他就对所拍场景进行了严密的分区测光，并综合测光的读数进行曝光设定，再结合暗房冲洗印放技术，最后达到了他原先设想好的画面效果。

亚当斯和由威斯顿等人创立的f/64摄影小组，旨在用极小光圈（即f/64）获得极大景深效果，他们强调画面不能因景深的原因而模糊。因此，在极小的光圈作用下，以至于在巨幅照片里由近至远的每一个细节都极为清晰，那些花草树木以及石块的细腻质感都淋漓尽致地展现在我们面前。读者站在他的照片前，既可以感受到一种身临其境的真实感，又仿佛游离在黑白影调的梦幻中。

对于当今数码时代来说，这种区域曝光技术可以轻而易举地实现，然而我们却未必能够达到亚当斯所展现的照片效果，这就是为什么在我们既拥有数码相机又具备数字图片处理软件这些现代化摄影工具时，作品往往仍然达不到理想境界的原因所在。我们需要熟练地掌握技术，用技术将我们心中的美好想象显影于画面上，而美好想象从何而来？关键在于审美修养，它是想象的翅膀，更是作品的思想和灵魂。如果没有良好的审美把握为基础，作品是无法感动自己，同样也无法感动别人。

五．形式均在意境中——评析纽曼的《史特拉汶斯基》

影调、色块永远是构成摄影作品的不可或缺的元素，它可以表现画面的基调和层次感，还可以起到支撑和平衡画面的重要作用。作品《史特拉汶斯基》（图6.11）以黑、白、灰三个色界的块面构成了整个画面，那凸显的黑色钢琴面板高高地竖起在整个右画面之上，给人以既重又大的向下的压力，打破了画面左右的平衡度。然而作者巧妙地在画面的左下角用这位钢琴家史特拉汶斯基作为"秤砣"，来平衡那左右失去平衡的结构，从而给人以稳定的视觉感。

作品以黑白的形式象征着钢琴的键盘色以及它所发出的音律的强劲节奏，而此时这位钢琴演奏家的形象正意示着他在那巨大的韵律面前的聆听、思索和共鸣。翘起的琴盖、琴盖与琴架的支点、人物形成了一个稳定的三角形，因而给我们一种安详、稳定的心理感受。

有趣的是这个史特拉汶斯基原本只是一个一般的钢琴演奏者，正是由于纽曼的这幅《史特拉汶斯基》而使他出了名，由此史特拉汶斯基便成了一位知名的钢琴演奏家了（图6.11）。

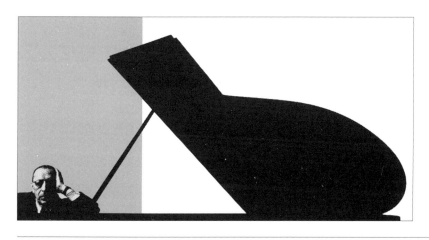

图6.11 影调、色块永远是构成摄影作品的不可或缺的元素，它可以表现画面的基调和层次感，还可以起到支撑和平衡画面的重要作用

六．形象意在哲理中——评析李英杰的《稗子与稻子》

图6.12　《稗子与稻子》

小品摄影多以事物为表现对象，如树叶、水珠、草木、石头、小桥流水或日月星辰……作者教学摄影小品创作的时候，常是不满足于景物的本身，而是赋予它更多或是更深的思想与哲理。因此画面中的具体的景物形象只是用作借题发挥的表象，寓意才是小品摄影所要表现的本质。

小品摄影具有鲜明的个性特征，它所表达的往往是作者内心思想和个人见解的欲望。稗子与稻子是两种外形相似的植物，作者的创作意图并不在于稗子与稻子的本身，而是借景抒情、以此寓彼。真正有才干和学识的人就像这谦恭的稻子虚怀若谷，可胸无点墨、腹中空空的稗子却是那样故作姿态、趾高气昂而招摇过市。稗子与稻子的这种"性格"在社会的现实生活中是不少见的（图6.12）。

七．具有象征意义的创意手法——评析陈复礼的《战争与和平》

铁丝网和阴霾的天空，犹如战争的气氛。那白色的鸽子象征着世界人民的和平愿望，尽管白鸽面前是层层铁丝网的羁绊，但是不畏恐怖的和平鸽终究是会冲破战争的笼网，展翅飞翔在阳光和蓝天下。作者以"战争"与"和平"这样一对矛盾体，来揭示时事的发展规律和趋势。画面的含蓄、抒情、发人深思正是该作品的成功之因，更是摄影家正义思想与创意手法的体现（图6.13）。

图6.13　《战争与和平》

❓ 思考与练习

1. 摄影中的景物质感除了物理性的视觉表现之外，还有什么反映？

2. 构成画面平衡的方法有哪几种？

3. 什么才是摄影家的第三只眼睛？